談　　詞

詞的理論及其格律

李殿魁著

文史哲學集成
文史哲出版社印行

國家圖書館出版品預行編目資料

談詞：詞的理論及其格律 / 李殿魁著. -- 初版 --臺北市：文史哲, 民 99.11
頁；公分（文史哲學集成；591）
參考書目：頁
ISBN 978-957-549-936-5 (平裝)

1. 詞法

823.1　　99022290

文史哲學集成 591

談詞：詞的理論及其格律

著　者：李　殿　魁
出版者：文　史　哲　出　版　社
http:// www.lapen.com.tw
e-mail：lapen@ms74.hinet.net
登記證字號：行政院新聞局版臺業字五三三七號
發行人：彭　正　雄
發行所：文　史　哲　出　版　社
印刷者：文　史　哲　出　版　社
臺北市羅斯福路一段七十二巷四號
郵政劃撥帳號：一六一八〇一七五
電話886-2-23511028 · 傳真886-2-23965656

實價新臺幣一六〇元

中華民國九十九年（2010）十一月初版

ISBN 978-957-549-936-5　　00591

談詞——詞的理論及其格律

目次

前言

吾人常以詩詞並舉，又因作詩講求字句、平仄、押韻，推想詩詞同道，學詞也不外乎如上說的「律詩」，只是詞的句子，有長有短，押韻的位置不規則罷了！其餘似乎並無多大出入，因此有人學詞時，便用作近體詩的方法，找一個詞牌，數好上下片各幾句，句各幾字，根據詩的「一三五不論，二四六分明」的法則，把二四六字旁註好平仄，句底註好韻叶，便可依樣葫蘆了。如此縱然成篇，然終不是道理，與填字遊戲又有何不同呢？

實際說來，詩詞雖同道，在精神上固有相通處，而在實質上是不相為謀的！詩是承襲雅樂的系統，漢魏以來，不脫詩的整齊形式，由四言、五言，進而到強萬異以為同的近體詩，在形式上做到文學精簡的最高理想，二十字的五絕，可以表達一個完美的意境，這是世界上，任何其他文字之所不易為功的！但在實質上，精簡的極端是禁錮，反之則陷貧乏，這在文學生命的發展上而言，固定即是僵化，所以二二、三一、二一一的四言，不得不為一四、四一、二三、三二、二二一的五言所代替，而五言又不如一六、二五、二二三、三二二、五二、二三二……的七言多變化，易表達；雖然如此，情感的表達方式不能局限於有限變化的範圍中，因此，在古有詩、有謠，漢以後有五言、有樂府。

唐代雖為五七言近體詩的天下，吟誦也好，歌唱也好，幾乎都是他，然而唐的新樂府雖不是唱的（因為音樂被律詩絕句奪去了），但詩人們知道，有限不能包涵無限，而況漢胡交通，不僅有了新的音樂（燕樂），也增加了不少外來語，舊有的不能適應新的，正如《樂府廣題》所說：「北齊神武，攻周玉壁不克，恚憤成疾，勉坐以安士眾，悉召諸貴會飲，使斛律金歌勑勒，神武自和之，其歌本鮮卑語，易為齊言，故句之長短不整」（事亦見北齊書卷二、武定四年西元五四六年）。而隋唐以還，樂部幾全為胡樂天下，胡樂生於胡語，本不整齊，而今要用整齊詞句，配不整齊之流行新樂，當然一定要變革規模，新樂府，在精神上，形式上，自然是此新體裁的嘗試，故不久整齊之詩，終為樂棄，而新體之詞，乃應樂而生，所以它的種種不同於詩；由於合樂，必產生出許多合樂的條件，即所謂的「格律」。而今詞樂已失，徒存文字，但它的文字形式仍很完整地保存著，故欲效詞唱，自然應明詞的格律，即使於新音樂文學創作上，而這些格律，亦可於其中汲引舊經驗而生新血掖，詞學季刊一卷五號；龍沐勛的詞律質疑說：「詞有特殊之音節，後來雖不可歌，要其聲韵之美，耐人尋味，實為最富於音樂性之新詩體，而一究其聲韵之變化，與句度之長短，字音之平仄，皆有絕大關係，歸納眾製而求出一共通之法則，此為研究詞學者切要之圖」。若我們僅作文字欣賞，則一般詞之格律，亦不可不知，否則僅憑表面文章，何能斷古人之工巧？識匠心之優劣？平居習讀之餘，時作札記，今將詞律種種，東鱗西爪，零落錄出，供諸同好，並以此浮文濫語，為吾師景伊夫子壽。

一、作詞必講格律

文學美一在內容，一在形式，內容美是抽象的，大匠能與人以方圓，不能與人以巧，故內容美，可以說是文學形而上的追求，所以劉勰談到這一點，只好勸人：「積學以儲寶，酌理以富才」，這是「巧」事；而形式美在西方古典文學而言，他們分析詩格，亦不外乎：高低、長短、強弱、音節、韻頭、韻腳等，例如古希臘、羅馬用音之長短以定詩形，而英國德國古詩，則以音調的強弱而定詩律。有所謂：「先輕後重」的揚波式。及「先重後輕」的突後式的「輕重律」，而現代法語亦正以重音表現音律。例如拉辛的十二音綴詩：**un destin plus heureux vous conduit en epire**．在第六及第十二音綴上為重音。故此不獨中國韵文講求形式格律為然。（註）

語言學家以為利用相同音質作規定次數的重出（韻叶），是表現音律的方法之一，又或以相當時間或距離，同樣出現而產生節奏、抑揚、揚抑等現象，都是在加強語意或美化語言。故無論古今中外，美文之所以講求格律者，一理也。不過韻文的格律條件較非韻文為煩，歌唱乃利用有格律之語言，配合音樂，一則感情可發抒至淋漓痛快，一則有規律可便於記誦歌唱。而我們所謂的詞，實歌詞之詞，則其必須講求各種規律，自是理所當然！

唐宋以來的諸大詞家，嘔心瀝血，創出千萬首動人心弦的樂歌，想盡方法，研究音樂上種種現象，以期文字與音樂配合，相得益彰，故早期之詞，乃以清商遺聲，樂府古曲為配詞對象，或改舊曲為新詞，或引夷樂作華聲，或改俚曲為雅正，均以樂聲為主。及宋中葉，詞家乃另闢蹊徑，詞與樂並立，作詞創調，慢詞以立，而新的獨立詞格乃於是產生，所以若論宋詞種種，至慢詞乃云大備，詞的音樂及文學格律亦告真正成熟。南渡以後，詞人激於民族意識，對唐以來瀰漫中國的胡樂（燕樂），表示唾棄，意圖恢復清商雅樂，而姜白石之大樂議足可為代表，惜曲高和寡，未為採用。及後詞樂凋零，樂譜不存，後學之士，既失諧聲造譜之法，故不能自製新曲，率意而為，只好仿前人成作，學步邯鄲，一步一趨，悉依舊作為規矩，故創詞之道衰而後論詞之格律乃嚴。

處於今日，既不能再唱宋樂，復宋詞舊規，又捨不得如此美好的藝術成品，聽其凋零。所以人人得而欣賞之，從而模仿之，既模仿之，不談格律可乎？而且仿作古人成詞，謂之填詞，既是照格而填，當初是圓是方？何能不談規矩？王晦叔碧雞漫志曰：「故有心則有詩，有詩則有歌，有歌則有聲律，有聲律則有樂歌。永言即詩也，非于詩外求歌也，今先定音節，乃製詞從之，倒置甚矣。」清吳穎芳曰：「詞之興也。先有文字，從而宛轉其聲，以腔就詞者也，洎乎傳播通久，音律確然，繼起諸詞人，不得不以詞就腔，於是必遵前詞字腳之多寡，字面之平仄，號曰填詞」。二家於先有詞後有譜之說，均屬一偏，蓋漢魏而后依古譜製新聲，即已須守格律，故方成培香研居詞麈所說，較為顧及全面：「宋時知音者或先製腔，而後實之以詞，如楊元素先自製腔，張子野蘇東坡填詞實之，名勸金船。范石湖製腔，而姜堯章填詞實之，名玉梅令之類是也。或先率意為長短句，然後協之以律，定其宮調，命之以名，如姜堯章長亭怨自敘所云是也。」就上面幾位所說，詞之創製、再作，其現象至為明白，故知此理者，必不以講律為墮「瑣碎阿鼻地獄」（杜撰此語）。

劉體仁七頌堂詞繹曰：「古詞佳處，全在聲律見之，今止作文字觀，正所謂徐六擔板」。而江順詒詞學集成也引仇山村曰：「世謂詞為詩之餘，然詞尤難於詩，詞失腔猶詩落韻，詩不過四、五、七言而止，詞乃有四聲五音韻拍，輕重清濁之別，若言順律舛，律協言謬，俱非本色，或一字未合，一句皆廢，一句未妥，一闋皆不光彩，信戛戛乎難之。」已經說得很清楚，詞雖被人稱為詩之餘，但他的獨立風格，不同於詩的種種條件，是詩所沒有的，同時也說明格律與文詞是相輔的，不能顧此失彼，徐師曾詞體明辨曰：「然謂之填詞，則調有定格，字有定數，韻有定聲，間有長短句或可損益，亦必凜遵於所自昉也」。這幾句話說得很公道，學步便是學步，正如要唱平劇扮大老爺，就得踱官步，勢必如此。

故沈祥龍的論詞隨筆中亦說：「詞貴協律與審韻，律欲細，依其平仄，守其上去，毋強改也。韻欲純，限以古通，諧以今吻，毋混叶也。律不協則聲音乖，韻不審，則宮商亂，雖有佳詞奚取哉？」「毋強改」正是告訴我們必須嚴律填詞，文詞雖美不合律亦不足取。近人海綃翁陳絢更說道：「凡事嚴則密、寬則疏，詞亦然，以嚴自律，則常精思，以寬自恕，則多懈弛，懈弛則性靈昧矣，彼以聲律為束縛者非也！或又謂宮商絕學，但主文章，豈知音節不古，則文章必不能古乎？

（無韵之文尚爾，何況於詞），凝思靜氣，神與古會，自然一字不肯輕下，莊敬日強，通於進德，小道云乎哉」？這一番話，不僅說明文學上模仿一派，固然講律，而創製一派，亦不可十分率意而為，這不就是劉彥和序志篇所謂的：「夫文心者，言為文之用心也」，不就是昭明太子文選序的，「事出乎沉思，義歸乎翰藻」的文學創作論嗎？詞本是小道，照著格式去填就行了，然而想想，在那種層層的障礙下，假若我們操觚，一如莊子養生主裏解牛的庖丁操刀一般，得其隙理，豈不快哉？小道何嘗不是道？格律固會扼殺文學的靈性，然而它又何嘗不能予我們以新靈感呢？詞是美文，它的講格律，是天經地義的事，不足以為病害也！

二、詞的樂律上的一些小問題

談到詞的格律，不外乎屬於音樂（也就是前面海綃翁所提到的宮商絕學）的樂律問題，以及章法、句韻、字面……等文字聲律規格問題；沈雄古今詞話卷下引他自己的柳塘詞話曰：「徐師曾魯菴，著詞體明辨一書，悉從程明善嘯餘譜，舛訛特甚，如南湖圖譜，僅分黑白，魯菴明辨，亦別平仄，但襯字未曾分析，句法未曾拈出，小令之隔韻換韻，中調之暗藏別韻，長調之有不用韻，亦未分明，較字數多寡，或以襯字為實字，分令慢短長，或以別名為一調，甚則上二字三字可以聯下句，下五字七字可以做對句，過變竟無聯絡，結束更無照應，成譜豈可以如是，此我邑先輩著書最富，諒必為人所悞也」。他是位重格律的人，重格律即重分析，所以他的格律觀念，已超越他的於文體最有研究的鄉先輩徐師曾了。

根據筆者的經驗，講詞曲的先生，一上堂就「尋尋覓覓」，或者「千古江山」一番，大家便覺痛快過癮，如果一談到平仄、對偶，便十分頭痛了。如果再來個「黃鐘大呂」，或者「般涉宮商」之類的，不僅不愛聽，甚至還覺「青菜田裏揀蘿蔔」，大大不相干！實則社會再進步，它是個綜合體的，文學再進步，其登峰造極，仍然脫不了是個綜合體的，除非我們不唱歌，否則音樂文學就有它存在與發展的價值！

要發展我們的音樂文學，音樂家固要努力來瞭解文學，以期他們精心結構的音符行列，能與活的美的文詞配合，而舞文之士，又何嘗不要知道一些音樂上的形貌，語言聲韵與音樂的關係，以便製作一些動人心弦，感人肺腑的好詞，配上音樂既好聽而又不致「拗折歌者之喉」，詞是音樂文學，我們汲陳生新，正可藉它舊有的種種，作為我們創新的借鑑，所以研究詞的人，似乎也應該懂得一點音樂，因此為了強調它是音樂文學，我們要先談點詞的音樂問題，其實一大堆的詞的文字格律，都是由於配樂而產生，所以談到詞的格律，音樂宮商，本來就不可缺的。

談到詞的音樂，首先使大家頭痛的，便是什麼黃鐘大呂，一串子，十來個，孰先孰後，孰高孰低，其性質為何？大家都被那二十四個字弄迷糊了；其實西洋音樂不是有C、D、E、F、G、A、B的調名嗎？同時在七調中不是還有升降半音的升C、降D、降B等半音調子嗎？所以黃鐘、大呂、大簇、夾鐘、姑洗、仲呂、蕤賓、林鐘、夷則、南呂、無射、應鐘等十二律呂，便是按照今天所謂的半音階（半音即中國所謂的一律），由低而高，依次排列，由此也可見中國音階正如鋼琴上白鍵七、黑鍵五的十二個半音為一組。不過有幾點要注意的；雖然從周代開始，直到遜清，都有黃鐘大呂之名，但實質上，歷代以來它們基音高低，是不相同的！因為歷來的中國音樂，總是理論重於形式，而且向以管色定音，管的標準是以尺寸為準，而歷代度量衡制均有改變，所以用各代通行尺度求律是不能標準的，而或有人主張用黍為度的單位，實則黍的大小，也不會每粒完全一樣，所以歷代樂書上，第一件大事，都在基本律制的推求上，大作數字演算文章，而至今不能完全確定某代黃鐘之音有多高？此是中國音樂混淆原因之一。

其次，歷代音律制度，亦有改革，例如唐荊川的稗編曰：「冊府元龜：天寶十三年（西元七五四年）改諸樂名，林鐘商時號小食調。宋樂與古樂差二律，故俗呼仲呂商為小石調，蕤賓商為中管小石調」，由於樂制不同，乃至雖同名而異實，則宋時黃鐘宮非唐時黃鐘宮音，此其二也；再次，自漢以來，雖已有胡聲傳入，但並未傳入樂制。南北朝混亂之後，一則佛教音樂之傳入，影響南方；再則龜茲烏孫諸樂流行北國，迨隋唐一統後幾乎全都以七聲燕樂之制為通行樂制，而且又引用新名，如沙陀調，大食、小食，甚至楓香、玉宸，雅俗混淆，樂制亦亂，如果不知其變，膠柱而鼓，則又不知差十萬八千里了！所以東西方研究中國音律的音樂家們，或以黃鐘為今日的C、E、F、甚至有人考出歷代黃鐘或當今日的A、D、E、F、G，如此不一樣，這不是中國的音樂漫無標準嗎？其實此乃在各代音論的基礎和所憑的律度不同。凡此都應該先有點基本認識，莫把杭州作汴州，這就是了！然而儘管如此，但黃鐘大呂十二律呂間的相互關係，卻是一直未變，只要瞭解其基音黃鐘宮的近似值，其餘即可以類推，並可瞭解它的正名俗呼，也可清楚它們間相互的高低大概。以上是基本律制的變化問題，允宜明白的！

再次是音名問題：當然黃大太夾亦可為音名，但我們習唱西洋歌，沒有人開口唱CDEF的，我們通常都用Do Re Mi Fa Sol La Si來代表音階高低，在中國很古便有了宮商解徵羽的所謂五音（它們排列的順序，有過異說，但一般音樂家都如此排），即如西方的Do Re Mi Sol La，（不過當文字聲韻學家把它們牽去作喉牙舌齒唇的代號後，以及它們和十二律依次配合後，它的用途一廣，含意便混了，尤其在七音階的燕樂系統上，宮、商、角、變徵、徵、羽、閏（變宮）又變成Fa、Sol、La、Si、Do、Re、Mi的另一音組，所以雅樂的黃鐘宮，不同於燕樂的黃鐘宮，同時雅樂定基音是Do（所謂均），而燕樂定基音是以最低的Sol為主（所謂調），再加上基本音不定，胡漢合用上的混淆，什麼雞識，般瞻、什麼伊州、側商、大石、小石、名目一繁，自然更易混淆，因此另訂代名，亦是意中事。於是商調、越調、水調、雙調、道調、平調、高宮、南呂宮、仙呂宮……等，本欲求簡，但由於音樂家未能整體的給他制度系統化，所以又給後人加了一重霧障。

但在當時只是將正律定了名，半音的如果再命名，就完全變成疊床架屋的兩套，所以就取古時六律六間（中間之義）之遺義，把半音的加上「中管」二字，因為以管為主，管上未鑿半音，都以相鄰音孔（中間之義）之遺義，把半音的加上「中管」二字，因為以管為主，管上未鑿半音，都以相鄰音孔（前律之孔）吹出，以指法補救。但他可能另造半音制管，在唐段安節樂府雜錄中說：「……二十八調本笙外，別有二十八調中管調」……（原文有訛奪），既然在二律之間的半音管叫「中管」，（宋詞多用正律管，用半音管則特別標出：「用中管某調」故万俟詠的春草碧注用中管高宮，即是這個原因）。則相對的正律又給個名稱，樂府雜錄上又有段文字，記王麻奴善吹觱篥，以為國中第一，聞尉遲青者，技藝更高，乃賫縑求見，坐堂下，以高般涉調吹奏一曲，曲終汗浹其背。尉遲乃自取銀字管，於平般涉調中吹之。此處乃以銀字對高（中管）調，所以徐新田的管色考中說：「中管與銀字對待，中管及高調，銀字乃平調」。又曰：「中管聲在前後二律間，且與前律同出一孔。」所以詞中有「銀字笙調，心字香燒」，又有銀簫、銀箏，大都代表正律，唐書並謂：「倍四本屬清樂」，又說：「法曲用倍四，以其音類雅樂，故有銀字之名」。杜牧之詩曰：「調高銀字聲還側，物比柯亭韵更奇」。而且高般涉調即唐俗樂大呂羽，平般涉為黃鐘羽，黃鐘大呂之差為一律（半音），所以詩詞中之「銀字」樂器，當可得正解。

上面所講的是律呂宮商的一般情形，至於七音十二律相乘而為八十四宮調，那祇是我們單旋律，主調式的傳統音樂上所產生對音質，音等的理論分析。與音程組合的特有調式的象徵代號，就好像鋼琴上十二個黑白鍵，每個音鍵都可按照自然音階組成它自己的Do、Re、Mi、Fa、Sol、La、Si一列七音，如C為黃鐘，C調Do即叫黃鐘宮，其餘六個字分別叫某某調，如C調Ra，雅樂應叫它黃鐘商，而俗呼大石調，在實質上它亦即是太簇宮聲，（關於宮調排列，由於變、閏的位置不一，及唐宋以來，中管銀字的錯亂，張玉田的詞源表列八十四調疑亦有舛訛，可能實際早已混用），如此疊床架屋，名目繁多，因為顧慮到它們有理論上調式獨特的風格，而予各各保留，但實際上是因陋就簡地使用著，所以從理論上六十律，三百六十律，十二平均律，以致到音律混用不分，宮調亂次，而成為新理論的唐燕樂二十八調（五音乘七聲，為三十五個，因其中七個徵調，在唐已不用，故為二十八），至南宋又併省為七宮十二調，金元之際，省為六宮十一調，而元曲及傳奇實際止使用五宮四調，所以合稱九宮調，可見其省與簡，如果楊蔭瀏氏所作的歷代律管的黃鐘音高比較表是正確的，又如果各時代關於律呂的著作，在基本上都用了當時通行的實際律制，那我們除了調整古代若干的列表舛錯外，一定可以求出合乎現行國際制的音律系統來，而把九宮調的各譜，譯為今世通的行的CDEF等的音名，如果其律仍有微差，則我們就古人律制理論，至少可以推算出它們之間，相互的音程關係來，配以適當的今律，故樂律問題的探討，複雜有之，難則未必，不過舊式記譜法失傳，古譜也真偽莫辨，零落殆盡，這倒是實驗上的大困難。關於各宮調表及名稱，見於張炎詞源，淩廷堪燕樂考源，瞿安先生詞學通論，夏敬觀氏詞調溯源，今不列舉，僅辨其紛擾情況如上。

除了上述音律問題外，當有管色、殺聲、韵拍節奏等，也是詞樂上的惱人問題。由於樂制理論龐大，而有雅樂十二律管之制，但在實際使用上，凡夫之耳畢竟不能都如師曠，所以因陋就簡，從中管，銀字的多管制，到明清而後的陰陽笛（俗稱雌雄笛），陽笛為正律黃鐘制，陰笛為高一律的中管大呂制（所以稱制者，是因為它採用黃鐘大呂的半音制，並不是二笛一為黃鐘，一為大呂也），還有用全律的遺制，等到崑腔而後，更是因陋就簡，爽快以一笛翻七調，把鄰近的管律，加以括並，所以好多律調名雖不同，而曰管色相同者，即是在一支曲笛翻七調的，某調的同一孔位，這便叫同管色。譬如上字調，本即俗樂南呂宮，而將鄰近的商調、越調屬之，所以就說商調、越調與南呂宮同管色了！如此一來，縱有很多律調之名，全部被上、尺、工、凡、六、乙、等所代替！怎麼不令人迷惘呢？但是我們想到，文化的演進，有的時由簡而繁，有的是由繁而簡，識得變易的道理，便不致瞋目膠柱了。至於通行的合四乙上尺工凡六五仩伬仜等，也就是唐宋而後，把古代宮商角變徵羽閏清等的音名的簡化，（因為有些宮商，蛻成了黃、太的律調名再用就會重疊），而宋時的俗字譜（管色應指譜），低音字外加圈，高音字頭加一，在蔡嵩雲的詞源疏證裏，已經說得很清楚，唯較難的，到是詞源中留下來的一些詞樂術語，如打、丁、折、掣、掯等，及謳曲旨要中，某些專門術語，由於資料缺乏，還無法完全解決，那些可以說是技術上的問題，而非基本理論上的癥結。

中國詞樂，溯源於五聲音階的清商，蛻變於七音二十八調的燕樂，沒有走上複音樂的和聲，卻嚴格遵守著調式的規制，對於主調的控制，十分着意，所以張玉田在調源中列出八十四調的結聲（或謂殺聲），蓋即一首詞重要韵叶處，必是主調旋迴處，而最後收韵結聲，必定落在主調基音上，也就因為如此，所以必須熟知旋律樂句的處理，和韵語結聲的配合，使詞唱不致「失腔落韵」，而詞中的均，可以說是樂句的大節奏，所以均亦叫「拍」（其實此拍乃今日西樂之小節也，非實際節拍之拍），而表示句讀快慢的拍子，則叫作「板眼」，也可說官拍是韵拍，乃大句作（着）腔處、節奏為艷拍，乃小句中抑揚連頓處。今日現存曲譜多有點板而詞之板式已亡，但我們從詞的句讀變化上，是可以探測其拍韵、樂節的大概。同時中國語言天生便含有高低抑揚、長短遲疾的音樂性，析而理之，美而化之，不難由其基音調式、樂句韵拍，宮調樂性，文詞悲歡，揣其聲情。而姜堯章的旁譜，雖然板眼不存，而他譜的舊樂，造的新聲，規模具在，也足可供我們在八九百年後的今天，來冥思默想一番了。至於尚有若干音律性的問題，因為它們實和文字格律不可分割，所以不在這兒費筆墨，留待下面說到相關格律時，再一併解釋它們的現象吧。

三、填詞要先明體製

三家村的先生談詞，都喜歡說：「小令、中調、長調」，這種論調，大概是起於被迫填詞交卷的童生，有點計字論才的味道；明此道者，就喜歡說：「令、引、近、慢」，是的，詞調因為有來源的不同；樂律上變化；是有許多不同體製（也就是不同的形貌），令引近慢是不足以包括它們的。蔡嵩雲的詞源證曰：「按詞之體製，在唐五代盛行令曲，至宋而慢曲引近漸盛，美成諸人復增演之，其曲遂繁。實則令引近慢，尚不足以盡詞體，近人任二北謂：宋詞體類共有九種，純粹屬詞者五，兼合古今之曲體者四，由短及長，則一曰令，二曰引近，三曰慢曲，四曰三臺，五日序子，皆純粹詞體也；六曰法曲，七曰大曲，上繼隋唐之曲體者也；八曰纏令，九曰諸宮調，下開金元之曲體者也，皆見於詞源論音譜拍眼兩節內」。這是根據張玉田所述的，其中並未將因音律不同或文字差異的名稱，分開來說，其實他們的差異，主要是在音律改變，或樂章變化上，而異其聲的。

近人李維在清華週刊所發表的：「詞調變名考」一文中，分詞體為1.犯、2.轉聲、3.轉調、4.攤破添字、5.減字、促拍偷聲、6.摘遍等六類。王灼碧雞漫志卷三曰：「甘州世不見，今仙呂調有曲破、有八聲、有慢、有令，而中呂調有象甘州八聲，他宮調不見也。凡大曲就本宮調製（一作轉）引、序、慢、近、令、蓋度曲者常態，若象甘州八聲，即是用其法於中呂調，此例甚廣，偽蜀毛文錫有甘州遍，顧夐、李珣有倒排甘州，顧夐又有甘州子，皆不著宮調」。此段可說明唐人大曲，就本宮調可翻變其聲，作各種不同的體段出現，所以我們可以知道，一首木蘭花，有木蘭花令、木蘭花慢、減字木蘭花、偷聲木蘭花、轉調木蘭花等不同體段；又如采桑子（又名醜奴兒），有醜奴兒、醜奴兒令、醜奴兒近、醜奴兒慢、攤破醜奴兒、促拍采桑子、添字采桑子；它們有的是中呂宮㊀字結聲、有的是雙調上字結聲，有的是中呂調△（合）字結聲，凡此都是和音律關係比較大。它們若是在原來宮調上作變化，可不著宮調，儘可賦以不同的名字，但異了宮調就叫「犯」了。

犯的意思，像沈雄的古今詞話中所說：「五行之聲，所司為正，所歛為傍，所斜為偏，所下為側，正宮之調，正犯黃鐘宮，傍犯越調，偏犯中呂宮、側犯越角調。樂府諸曲，自昔不用犯聲、自唐天后末年劍器入渾脫始為犯聲，明皇時樂人孫處秀善吹笛、好作犯聲，亦鄭衛之變也」。詞源一書中，對各宮犯調，曾列了一表，而沈雄引陳暘樂書語，解釋犯的情況和犯格的起始，蓋古來換調即換律管，所以不必指明是如何犯的；從而唐人吹笛作犯聲，這也是個音律上改高換低的好辦法，同時也給演奏者與歌唱者，一個方便，並且因為主調改變，其中某部份的關係音程樂句，亦必有異動，所以犯了調即會將原有形態變更，馮金伯的詞苑萃編說：「唐人長短句，皆小令耳，後演為中調，為長調，一名而有小令，復有中調，有長調，或系之以犯、以近、以慢別之。……

又有字數多寡同而所入宮調異，名亦因之異者，如玉樓春與木蘭花同，而以木蘭花歌之，即入大石調之類；又有名異而字數多寡則同，如蝶戀花一名鳳棲梧、鵲踏枝；如念奴嬌一名百字令、酹江月、大江東去之類……」。足可說明詞的同調異名，異調同名的一種特別情形，便是由於犯調關係，所以柳耆卿樂章集裏，許多調名相同，而字句多寡不同，一調有兩三體者，前人多莫知所以，然而我們仔細檢查一下，不相同的體製，雖然是同一詞牌名，實則它們的宮調已經不同了，然而譜律，往往因它們同一詞牌名，強為統一，而將其各別所屬之宮調，一併列在同一牌名的題解之下，而將各不同字句之詞，列為又一體，於是宮調不明，「犯」、「過」莫辨，再加上正襯不分，怎麼不使某些詞牌的又一體多到幾十個？

如詞譜卷二十，洞仙歌有四十體，既然又一體有如此之多，可見詞牌填作是非常自由，則又何嚴律之可言呢？實際上在那四十體裏，在其題解下，洞仙歌有令有慢，各屬林鐘商、歇指調、大石調、般涉調、仙呂調、中呂調。其中有柳永詞三首：一為一百十八字，般涉調的「嘉景，況少年彼此」詞；一為一百二十三字、仙呂調的「乘興、閒泛蘭舟」詞；一為一百二十六字，中呂調的「佳景留心慣」一首。同時林鐘商、歇指、大石均為商調，而柳詞三首，般涉係黃鐘羽，仙呂係夷則羽，中呂調係夾鐘羽，本屬流商，換為泛羽，其為異體，自是顯而易曉的。所以徐文長的南詞敘錄曰：「古之樂府，皆協宮調，唐之律詩絕句，悉可絃歌，後復變為長短句，如李白之憶秦娥、清平樂，白居易之長相思等，已開其端；五代轉繁，考之尊前、花間諸集可見。逮宋則又引而伸之，至一腔數十百字，徽宗朝周、柳諸子、以此貫彼，號曰側犯、二犯、三犯、四犯，展轉波盪，非復唐人之舊」。所以除正調之外又有三犯渡江雲、四犯剪梅花，八犯玉交枝，尾犯，小鎮西犯等，它們既已犯（轉或移）了調，當然就非復舊觀了，這是詞體之所以有同調異名同名異調的第一點。它們本來可以另起新名如上引諸詞，但像洞仙歌，雖有四十個不同的體，卻也不曾另起個名字，故常使人迷惑。

鄒祇謨遠志齋詞衷曰：「俞少卿云：郎仁寶（瑛）謂填詞名同而文有多寡，音有平仄各異者甚多，悉無書可證，然三人占則从二人，取多者證之可矣。所以康伯可之應天長，念奴嬌俱有兩首，不獨文稍異，而多寡懸殊，則流傳抄錄之誤也，樂章集中尤多，其他往往平仄小異者亦多，吾向謂間亦有可移者，此類是也。……至於花間集同一調名，而人各一體，如荷葉訴衷情之類，至河傳酒泉子等尤甚，當時何不另創一名耶？」這種情況，怎不叫人糊塗呢？

姜堯章湘月序曰：「……予度此曲，即念奴嬌之鬲指聲也，於雙調中吹之。鬲指亦謂之過腔，見晁无咎集，凡能吹竹者，便能過腔也。」方成培香研居詞麈曰：「……人多不解鬲指過腔之義，培思索久之而悟其說，蓋念奴嬌本大石調，即太簇商，雙調為仲呂商，律雖異而同是商音，故其腔可過，太簇當用四字，仲呂當用上字，今姜詞不用四字住，而用上字住，筆管四上中間祇鬲一孔，笛四上字兩孔相連（作者按：恐有誤），只在鬲指之間。又此兩調畢曲當用工字尺字，亦鬲指之間，故曰鬲指聲也」。此處鬲指、過腔問題、當亦為犯調之類，方氏釋鬲指之義，甚為妥切，而此處吾人不僅又知詞除犯調而外，尚有類似犯調之過腔、隔指。然而白石的湘月，即是念奴嬌，二體字句悉同，所不同者，「宮調」耳，這一點我們不可不知。

又如江順詒詞學集成曰：「詞有同調異名，昔人分為二體，概可從刪，如搗練子、杜晏二體、即望江樓，荊州亭即清平樂，眉峰碧即卜算子……月下笛即瑣窗寒，八犯玉交枝即八寶妝，晁端禮之戀芳春慢即萬年歡、羅志仁之菩薩引即解連環……」由此可知，詞牌不儘因犯調、過腔即變其名，（犯則句韵有變異，鬲指過腔，僅移其調，體製不改），而同一詞牌，或因作者好新，而賦以別名，如烏夜啼又名相見歡；或因詞中名句而改其名，如念奴嬌本天寶遺聲，宋時為大石調、又轉入道調宮、高宮大石調，又為雙調，且有平仄兩體，而其名有二十餘個，其中如因東坡的大江東去一首，膾炙人口，於是就有人改叫念奴嬌為：大江東、大江東去、大江乘（乘當是俗誤）、酹月、酹江月、赤壁詞、甚至叫大江西上曲，這一串的名字，跟音律的關係不大，而是文人好事，喜立名目，如果我們不知道此理，必定又為他們的遊戲所騙了。

詞譜載念奴嬌有四個不同的宮調，根據宋時俗律，它們分別為1.大石調（黃鐘調）、2.高宮大石調（大呂商）、3.雙調（夾鐘商）、4.道調宮（仲呂商），可是由姜白石湘月下所注大石調即太簇商，推知姜詞宮調係用雅律，較俗律差二律（一個全音），順次則為太簇商、夾鐘商、仲呂商、林鐘商，在笛上是一孔之差，在相對音高上，他們都是商調調式，祇是所住宮律不同，而其相關高度是（兩組相關音高相同，今用姜律）太簇與夾鐘差一律（一個半音）、太簇與仲呂差三律（三個半音），太簇與林鐘差五律（五個半音）、太簇是正律，由夾鐘起則是各差一全音的中管律，這是犯調，是相當規則的「移調」，如以西樂樂制而言（照楊氏歷代管律表），黃鐘為D調，則太簇為E調，而夾鐘為F調，仲呂為G調，林鐘為A調，以上為各調的宮聲Do，而它們的商聲，則為各調的Re。以各該調的Re為主調音而唱念奴嬌調子，從銀字改中管，當然要變腔，可改名，可改韵叶，則是歷來的譜律，對於文詞字句太重視，斤斤於句韵字數之上，而於音律問題太忽視，所以我們不能知道。今看詞譜所載，東坡念奴嬌為入聲韵，姜白石及張玉田詞為上聲韵，同為仄聲，既然姜曰湘月，且為上聲韵、上與入必有所異、而陳允平作平聲韵諸家各有仿作，則其宮調亦必不同，而今我們所知的是蘇詞的入韵體為大石調，即正律太簇商；姜詞的上聲韵是中管雙調仲呂商；可是不知陳允平的平韵酹江月，百字令（見陳詞日湖漁唱）是道調宮、大石調、抑是高大石調？但牌調之間，其差異的道理，由此可見一斑。

以上祇是就音律的變異上，說明詞的體製與名稱上所發生不同的變化。其餘如詞牌係由唐宋大樂而來的，則有「摘遍」（遍是大樂的樂遍，如薄媚摘遍，泛清波摘遍；而薄媚摘遍，即摘取薄媚大曲中入破第一之一遍。）；有從燕樂大遍摘來，如歌頭（水調歌頭，六州歌頭，甘州遍）；有從法曲來，則有法曲第二，法曲獻仙音；有變其節拍者，則有引（如剔銀燈，亦即剔銀燈引，恐即係引其聲而曼歌之），有近、近拍（祝英台近，隔浦蓮近即隔浦簾近拍）；有促拍，如長壽仙促拍、促拍采桑子；有翻管色入琴調者，如相思引，有琴調相思引。有變其宮譜而又曼衍其聲的，如各調之慢、大都變其句節，增其韵拍，不必例舉了！有止小變其字句的，則有添字、減字、偷聲、攤破。有本雙片，而又欲雙之，如梁州令本為雙片，而晁補之合兩首為一支，故曰梁州令疊韵。

早期小詞多作單片，而後雙之即謂雙調（非宮調之雙調），但雙後的下片，起句或與上片相同（如柳永引駕行，上下片起句均為四、七），或不與上片相同（此體最多，尤以慢詞為甚，且自成特格，過片處多作兩字起句），在曲律中下片起句與上片起句不同者，即曰換頭；而詞之下片，多曰換頭，過片。或又因音樂之需要雙不足以終其情、疊而三之、則稱之為雙拽頭，如瑞龍吟首為相等二小片（作三、六四，六四四。兩片），後為換頭式（六四四，六四，四四，五，三四四，五，四四，五，三六，四四。）倍於前兩疊的第三片；而三臺則相反，前一片為九句，後二片則相等各為八句。至於詞體中字數最多的則為四疊的鶯啼序，它的模樣兒不像雙疊，也不像雙拽，卻如三臺，只是兩片各十五句的後段，加上八句的第一段，十句的第二段。除此之外，尚有如集曲式的犯調，如江月晃重山，雙調，每段上三句為西江月體，下二句為小重山體；如六醜乃係摘六曲中之最美聽者；如四犯剪梅花，乃係摘解連環，醉蓬萊、雪獅兒，醉蓬萊，解連環，醉蓬萊，雪獅兒，醉蓬萊，四首中相當地位的樂句而成。又如八音諧上片，乃是集春草碧首至三，望春回四至五，茅山逢故人第六句，迎春樂第三句，飛雪滿群山第十二句，下片為蘭陵王十四至十七，孤鸞十三至十六、眉嫵末二句。共摘自八曲。

以上是就其體製特殊的大類而言，同時如新雁過妝樓又名八寶妝，而又有正體八寶妝；相見歡、錦堂春均又名烏夜啼；浪淘沙、謝池春，均別名賣花聲，如此同名異調的情形也不少，我們也要知道，不可混了體製。這些同調異名，可參看江順詒的詞學集成卷二。由如此多的變化與狀況，也足可讓我們知道，在形貌上，本質上，詞確是一個多彩多姿，變化無窮的藝術結晶。至於各家縷列詞牌名稱之來源，古今詞話等書俱有收列，不在此費詞。

四、填詞要先辨別聲情

前面把樂律上的錯綜現象，以及體製變異問題，約略的說了一些，這不是詞學的專門研究，我們不能詳為舉證分析，以佔篇幅，祇能說到為止。現在漸次的我們要談到作詞的本身上許多格律問題了！我們知道兩宋至今，詞的創作，不知凡幾，光是一部唐圭璋編的全宋詞，便收了兩萬多首，這祇是在若干年的披沙揀金下，所遺留的；至於詞的牌調，在詞譜中共收八百二十六調，兩千三百零六體，而萬樹詞律收了六百六十調，加上徐本立詞律拾遺的一百六十五調，以及杜文瀾補遺五十調，共有八百七十五調，這數字不算小，因為樂調的存佚，取決於它本身的優劣，如果不成格調，誰也不願傳唱，於是就會遭到莊子所謂「方生方死」的命運了（詞樂與詞的盛衰消長，也是個相互因果的複雜問題，這裏不談）！所以能傳唱的，絕對不會是些不成格調的，同時我們由詞的廣泛使用上，可知詞不僅是香艷或豪放，那麼我們選調填詞時，似乎也不能不瞭解一些詞調的性質，假若信手拈來，快樂的調子，填上悲哀的詞句，豈不是顛倒冠裳，連束施效顰都不如了？那麼填詞豈不是真成了文字八股，何文學之可言呢？

謝章鋌賭橫山莊詞話曰：「填詞亦宜選調、能為作者增色，如詠物宜沁園春，敘事宜賀新郎，懷古宜望海潮，言情宜摸魚兒，長亭怨等。類各取其與題相稱，輒覺辭筆兼美，雖難拘以律，然此倚聲家一著巧處也」。這是懂得詞調性質的行家話，因為許多詞調名，其聲情性質，不一定與名字相符。譬如賀新郎，決不是用來賀人新婚的，我們讀辛稼軒的：「聽我三章約」一首，意氣磅礴，聲情慷慨，試想賀人新婚，何須慷慨激昂？又如千秋歲，顧名思義，應用來祝壽，大概很討口彩，可是觀察一下，秦觀「柳邊沙外」一首，充滿離思憶舊，真如其結語曰：「落紅萬點愁如海」一般，故黃山谷、李之儀、孔平仲等的和詞，則均係悼念少游之作，可以稱得上是嗚咽悲抑的，如果不知就裏，胡亂拈來，填首詞去賀壽，豈不是要用唸祭文的調子來唱它？那不笑話也是笑話了，所以周紫芝，黃公度以此悲調作壽詞，實是不通聲情故也！因此楊萬里曰：「如塞翁吟之衰颯，帝台春之不順，隔浦蓮之奇煞，鬥百花之無味，是擇腔又在按律之後，不可不較量耳。」所以懂得樂律，只是具備了初步的常識，填詞還得要考求牌調的內涵，方烈操觚，所以辨別詞調的聲情，也是要件，辨別的途徑大致有四：

㈠從譜律記載中，古樂府解題中，及唐宋大樂的遺籍中，瞭解某些牌調的來源，如竹枝、楊柳、采蓮，破陣樂等本為流行社會的民謠、軍歌；而霓裳中序第一、永調歌頭、鈿帶長中腔等，本為隋唐以來的法曲、大曲；如涼州（今敦煌一帶）、伊州（今哈密）、甘州（今張掖）、氐州（今武都）、胡渭州、霓裳羽衣曲等，本是邊地，異國之樂；如黃河清、清平樂、罷金鉦等，為宮府（或大晟）所製樂；如晝夜樂、兩同心、隔簾聽、柳腰輕等，則又係出自构肆伎院，或文人之手；又如惜紅衣、淡黃柳、暗香、疏影等為姜白石自度曲，玉梅令為范成大曲，白石作詞等詞人自度腔或自製腔。如此則可由其原詞，而探知此牌調的聲情。

㈡根據前人的記載，尤其是唐宋以來的詩話，筆記、詞話等，對牌調創製的敘述，亦可以為佐證，如宋程大昌演繁露曰：「六州歌頭本鼓吹曲也。近世好事者，倚聲為弔古詞，音調悲壯，又以古興亡事實文之，聞之使人慷慨，良不與艷詞同科，誠可喜也」。清馮金伯詞苑粹編亦引此段，續曰：「六州得名蓋唐人西邊之州、伊州、梁州、石州、甘州、渭州、氐州也，宋人大祀大卹皆用此調，明朝大卹則用應天長云」。則六州歌頭，應天長的聲情，即可推知了；又如毛幷的樵隱筆錄，記「蘭陵王」曰：「紹興初，都下盛行周清真詠柳蘭陵王慢，西樓南瓦皆歌之，謂之渭城三疊，以周詞凡三換頭，至末段聲尤激越，惟教坊老笛師，能倚之節歌者」。則可知蘭陵王慢之激越。如歷代詩餘引張表臣珊瑚鈎詩話曰：「樂部中有促拍，催酒，謂之三臺，唐士云：蔡邕自御史累遷尚書，不數日間歷徧三臺，樂工以邕洞曉音律，故製詞以悅之。」可知三臺乃促拍，催酒之類的歡娛詞情；清鄒祗謨遠志齋詞衷引楊慎詞品云：「唐詞多緣題所賦，臨江仙則言水仙，女冠子則述道情，河瀆神則緣祠廟，巫山一段雲則狀巫峽，醉公子則詠公子醉也。……大率古人由詞而製調故命名多屬本意，後人因調而填詞，故賦寄率離原辭，曰填曰寄，通用可知，宋人如黃鶯兒之詠鶯，迎新春之詠春（柳永），月下笛之詠笛（美成），暗香疏影之詠梅（白石），粉蝶兒之詠蝶（毛滂），如此之類不勝屈指」。可知唐人小詞，多為賦題之作，命名多屬本意，則吾人拈唐人小令寄調名而賦之，大約不會相離若干；晚宋而後，曰填曰寄，則率離原詞，詎不可取，間或通用，實不足法。故沈雄古今詞話亦曰：「沈際飛曰：唐詞多述本意，有調無題，如臨江僊賦水媛江妃也，天仙子賦天台僊子也，河瀆神賦祠廟也，小重山賦宮詞也，思越人賦西子也，……唐人因調而製詞，命名多屬本意後人填詞以從調，故賦詠可離原唱也」。這些話亦說明了早期詞家，在創製初期，或題即詞意，後世依調填詞，則體存而情亡矣！那麼我們要取以為法的標準，也於此可知。

寫到這兒，想起自來詞學家，分析詞風，多喜以豪放或婉約名之，實際上，作的風格，固然是有一貫的，然而也會有不同的風格出現的，如辛稼軒的詞，是以豪放聞名的，然而我們讀他的六百多首詞中，他不僅搜羅萬象，馳騁百家，縱橫捭闔，給人一種撫劍長嘯的壯懷感覺，同時也讀到像：念奴嬌「對花何似」詠牡丹的細膩；摸魚兒「更能消幾番風雨」的悽怨哀婉，祝英臺近「寶釵分，桃葉渡」的纖婉，不讓晏，歐。無怪范開編刊稼軒詞的序中說到辛詞亦多：「清而麗，婉而嫵媚」之作。又如蘇東坡的詞，人們一提到他，也都說他是豪放的始祖，常常蘇辛並稱，可是賀裳的皺水軒詞筌卻說：「蘇子瞻有銅琶鐵板之譏，然其浣溪沙春閨曰：綵索身輕常趁燕，紅窗睡重不聞鶯。如此風調，令十七八女郎歌之，豈在曉風殘月之下」？不僅此也，甚至連刻紅鏤翠的柳三變，也會有像雙聲子「晚天蕭索」那樣懷古寥落，以及像鳳歸雲的「向深秋、雨餘爽氣肅西郊」那樣的灑脫，格律詞家姜白石的永遇樂「雲鬲迷樓」，步稼軒「千古江山」，一樣的慷慨豪放。由上數例，可知何可用一二字的評語，就可概括一個作家作品的全豹？尤其是詞，它的牌調聲情，也足以影響到文詞的豪婉，它們之間，是多邊性的影響，絕不是那麼單純的！

㈢許多詩話，詞話、及前人筆記書札等，有關牌調的聲情，源委，說來說去，也不過是那幾首，輾轉遞抄，總數也不到八百七十幾首的十分之一；有很多令人讀來就可朗朗成誦的牌調，大家愛填的幾首，卻無一字述及，我們如何能知道那些詞牌的聲情呢？只有一個笨方法，於歷代詩餘等諸詞集中，根據唐宋人所作的詞，在其同一牌調的千百首中，細細總括分析其詞情，若多數相同，則十之七八可以瞭解它的聲情了。這是較為麻煩的！但在仔細分析歸納的過程中，也許會讓你得到意外的其他收獲，所以有的時候、治學問用笨方法，總會比偷懶或投機好。從前也有人做過這類功夫，如類編的草堂詩餘（當然它的規模太小，不足言備），以及近人編的元人九十五家小令類輯，所的小令，幾及全元散曲的四分之三，像這種類輯詞曲集子，對於若干聲情不明的詞曲牌調，展卷之下，定可由比較綜合求得。唐圭璋先生的全宋詞，是按照作者為單位的，假若我們把那二萬餘首的詞，分別按牌調類輯在八百多個詞牌名下，一定可讓我們發現不少未得之秘，而詞譜，詞律裏的若干舛誤疏漏，一定也可得以澄清，令成完璧。

㈣除了上述那些方法之外，我們尚可從古人的經驗談中所論及宮調的性質，韻部的緩促，句度的寬急等，亦可作為我們確定詞調聲情的參考：如元周德清中原音韻所定的十七宮調的四字考語。雖然很多人認為那是不經之論，然而在沒有原樂譜的情況下，這些吉光片羽，不無參酌的價值。徐文長的南詞敘錄說：「永嘉雜劇本村坊小曲，原無宮調，若必欲窮其宮調，則當在唐宋詞中，別出十二律二十一調，方合古意」。又說：「欲求宮調，當取宋之絕妙詞選，逐一按出宮商乃可」。徐氏也認為從唐宋詞，可求出宮商，判其性質。王伯良曲律也說：「用宮調須稱事之悲歡苦樂，如遊賞則用仙呂，雙調；哀怨則用商調，越調，以調合情，容易感動得人」。此非空話也。也許有人說，除了子野、柳耆卿、周美成、姜白石等人，在其詞集中或註宮調，到底有限，但其餘詞家，註宮調者，百不見一，如何全面地去瞭解某牌是某宮某調呢？這固然是個問題，但這個問題，在近人的整理下，大部份的詞調，都有宮調可考，例如許多牌子、在詞譜裏，或唐或宋，或元人所用的宮調，都儘量注入，又如近人夏敬觀的詞調溯源，可以說已相當完備，又像梁啟勳的詞學銓衡裏，也找出了四百零八首的宮調，所以這條有三分之二的希望的路子，仍是值得走的（其所列牌，具見三書，不在此列舉）。今將十七宮調的聲情，依五音十二律的相配，表列於下，其中徵調久佚，所以每律唯有宮商角羽，已不用者，只存律目：

俗律	宮	商	角	羽	雅律	白石譜式	詞源譜式	明代管色	西律調名	曲笛調名
黃鐘	正宮	大石調		般涉調	太簇	ム	△	合	E	上
	（富貴纏綿）	（風流蘊藉）		（拾掇坑塹）						
大呂	高宮	高大石調			夾鐘	マ	㊉	背四	F	上
	（惆悵雄壯）	（典雅沉重）								
太簇					姑洗		ヌ	四	F#	尺
夾鐘	中呂宮	雙調			仲呂	一	㊀	背一	G	尺
	（高下閃賺）	（健捷激裊）								
姑洗		中管雙調			蕤賓	一	一	一	A♭	小工
		（健捷激裊）								
仲呂	道宮	小石調			林鐘	么	ㄣ	上	A	小工
	（飄逸清幽）	（旖旎嫵媚）								
蕤賓					夷則	ㄴ	ㄴ	勾	B♭	凡
林鐘	南呂宮	歇指調		高平調	南呂	人	𠆢	小尺	B	六
	（感歎悲傷）	（急併虛歇）		（條暢滉漾）						
夷則	仙呂宮	商調	商角調		無射	フ	㋫	啞工	C	六
	（清新綿邈）	（淒愴怨慕）	（悲傷宛轉）							
南呂					應鐘	フ	フ	小工	D♭	正工
無射		越調	越角調		黃鐘	リ	㋷	啞凡	D	正工
		（淘寫冷笑）	（嗚咽悠揚）							
應鐘		中管越調			大呂	リ	儿	小凡	E♭	乙
		（淘寫冷笑）								
黃鐘清					太簇清	久	幺	六	F'	（仩）
大呂清						の	㊁	啞五		
太簇清						す	す	五	G'	（伬）

上表是以宋元以來俗律為準，宮商角羽下為俗樂宮調之名，俗調名下格中的四字，即為挺齋之評語。四字右行為雅律，較俗律差二律（參酌日本平凡社岸邊成雄音樂事典冊四列入），再右行為白石詞譜字，詞源所列之俗字譜字，及明管色用工尺譜字（據梁啟勳氏詞學銓衡頁二八表），末行西律對照，曲笛調名係據汪薇史師曲學例釋所列，對照調名黃鐘律約為西律之C或D。祇供參考而已，無須膠柱鼓瑟也。

挺齋評語，雖有人抨擊他，認為失之「太穿鑿」，然以詞樂為主調或單旋律音樂，調性對聲情的影響，是有關係的，尤其是使用有限中部音域（太低太高，人聲不能唱之故），要想使它多富變化性，當然在調性的聲情上，做分析與定性的工夫，從音樂學的實際而言，是個很科學的功夫，在西方像拉微涅克乃裴遼士，他們都有調的特性的學說，如E長調，拉氏說：「有光輝，溫和，歡喜」；而裴氏則說：「華麗、壯麗、高貴」；則周氏的：「富貴纏綿」不是也很相近麼？若將拉、裴二氏之說與周氏之說相對照，卻也有若干相近之處，可見這種聲情之說，東西方一理也！何以見得周氏的穿鑿？也許他也正如明世子朱載堉的發明十二平均律一樣，在世界音樂史上，是光耀而可敬的呢！不過作者要聲明的，本文乃在分析與解釋，至於中西音律的確切對照，那是音樂家們的工作，不要在此表上作批評，它祇供參考、隅反而已。

現在讓我們舉出幾首標有宮調的作家詞，根據周氏所定的評語，作一次觀察品味！

1.憶舊遊：　宮調：越調。調性：陶寫冷笑。作者：周邦彥記愁橫淺黛，淚洗紅鉛，門掩秋宵。墜葉驚離思，聽寒螿夜泣，亂雨瀟瀟。鳳釵半脫雲鬟，窗影燭花搖。漸暗竹敲涼，疎螢照曉。兩地魂銷。　迢迢。問音信，道徑底花陰，時認鳴鑣。也擬臨朱戶，歎因郎憔悴，羞見郎招。舊巢更有新燕，楊柳拂河橋。但滿眼京塵，東風竟日吹露桃。

此調還有張玉田的「記瓊筵卜夜」一首，吳夢窗的：「送人猶未苦」一首等，大詞家們的同調這些作品，不是旖旎，不是幽怨，也不是真正瀟灑，祇能名之曰：「陶寫冷笑」。

2.永遇樂：　宮調：歇指調。調性：急併虛歇。作者：李清照

落日鎔金、暮雲合璧，人在何處。染柳煙濃，吹梅笛怨，春意知幾許。元宵佳節，融和天氣，次第豈無風雨。來相召，香車寶馬，謝他酒朋詩侶。　中州盛日，閨門多暇，記得偏重三五。鋪翠冠兒，撚金雪柳，簇帶爭濟楚。如今憔悴，風鬟霧鬢，怕見夜間出去。不如向簾兒底下，聽人笑語。

這首詞的神情韻味，一股子的六神無主，究竟是怎麼樣的急併，我想只要稍作品味，當可會心，是我們讀完了它，決不會有纖艷、安詳或嫻靜的感覺，同樣的蘇東坡的「明月如霜」，辛稼軒「千古江山」，劉辰翁的「碧月初晴」，俱有相同如此韻味。

3.解連環：　宮調：商調。調性：凄愴怨慕。作者：周邦彥

怨懷無託，嗟情人斷絕，信音遼邈，縱妙手，能解連環，似風散雨收，霧輕雲薄。燕子

樓空，暗塵鎖，一牀弦索。想移根換葉，盡是舊時，手種紅藥。　汀州漸生杜若，料舟依岸曲，人在天角。漫記得，當日音書，把閒語閒言，待總燒卻。水驛春迴望，寄我江南梅萼。拚今生，對花對酒，為伊淚落。

同此調子，姜白石也有一首：如「問後約，定指薔薇。算如此溪山，甚時重至？水驛燈昏，又見在曲屏近底。念唯有夜來皓月，照伊自睡」。吳夢窗也有一首，如「正岸柳、衰不堪攀，忍持贈故人，送秋行色」。這類作品，讀起來確實有「淒滄怨慕」之感。

前節曾說到，同一牌調，變了宮調，字句雖不變，則其聲情必變，今舉蝶戀花為例，據詞譜蝶戀花分隸商調，小石，歇指三調，我們亦可據周氏的評語，分別觀察大詞家不同的三首：

1. 蝶戀花：（商調；淒愴怨慕）　周邦彥

桃萼新香梅落後。葉暗藏鴉，苒苒垂亭牖。舞困低迷如著酒。亂紛偏近遊人手。

兩過朦朧斜日透。客舍青青，特地添明秀。莫話揚鞭回別首，清城荒遠無交舊。

2. 蝶戀花：（小石調；旖旎嫵媚）　柳　永

蜀錦地衣絲步障。屈曲回廊，夜靜閒尋訪。玉砌雕闌新月上。朱扉半掩人相望。

旋暖薰爐溫斗帳，玉樹瓊枝，迤邐相偎傍。酒力漸濃春思蕩，鴛鴦繡被翻紅浪。

3. 蝶戀花：（歇指調；急併虛歇）　張　先

檻菊愁煙蘭泣露。羅幕輕寒，燕子雙雙去。明月不諳離別苦，斜光到曉穿朱戶。

昨夜西風雕碧樹。獨上高樓，望斷天涯路。欲寄彩箋兼尺素，山長水闊知何處。

從上列三首作品，同一詞牌，而神韻不同，可見調性對聲情有影響，是很值得重視的。今天我們要作一首或悲壯，或婉麗，或輕快的詞，字句固然要配合，就是作曲譜用的A・B・D・E調子，也要考究，這不是穿鑿之談。

以上是由詞牌音律的調性而判別聲情。龍沐勛在「研究詞學之商確」一文中曾說：「詞雖脫離音樂，而要不能不承認其為最富於音樂性之文學，即句度之參差長短，與語調之疾徐輕重，叶韵之疎密清濁，比類而推之，其曲中所表之聲情，必猶可覩」。所以除了從音樂調性上判別而外，還可從句度，韵叶上去推求，亦可以獲得「絃外之音」。所以龍氏又說：「當取號稱知音識曲之作家，將一曲調之最初作品，凡句度之參差長短，語調之疾徐輕重，叶韵之疎密清濁，一一加以精密研究，推求其複雜關係，從文字上領會其聲情，然後羅列同一曲調之詞，加以排比歸納，則其間或合或否，不難一目瞭然」。大致說來，韵部則東鐘韵多莊麗，江陽韵多堂皇，齊微多淒清之調，支時為萎弱不振之音。周介存宋四家詞選目錄序論曰：「東真韵寬平，支先韵細膩，魚歌韵纏綿，蕭尤韵感慨，各有聲響，莫草草亂用」。又曰：「陽聲字多則沈頓，陰聲字多則激昂，重陽間一陰則柔而不靡，重陰間一陽則高而不危」。中國文學百科全書第一冊。一〇九一頁曰：「韵與文情關係至切，平韵和暢，上去韵纏綿，入韵迫切，此四聲之別也；東董寬洪，江講爽朗，支紙縝密，魚語幽咽，佳蟹開展，真軫凝重，元阮清新，蕭篠飄灑，歌哿端莊，麻馬放縱，庚梗振厲，尤有盤旋，侵寢沈靜，覃感蕭瑟，屋沃突兀，覺藥活潑，質術急驟，勿月跳脫，合盍頓落，此韵部之別也。此雖未必切定，然韻近者情亦相近，其大較可審辨得之。又凡用平韵入韵者當陰陽相調，用上去韵者當上去相調，庶聲情不致板滯。是在細心者，有心自得之耳。」所以我們不僅要知道調性與詞的聲情有關係，即選韻用字也與聲情有關。前人對於韵部的聲情也極重視，所以吳瞿庵先生的詞學通論緒論中亦說：「作者細加考覈，隨律押韵，更隨調擇韵，則無轉摺怪異之病矣」。瞿安先生雖是指上去平入四聲韵調的選擇，實際亦可通用於韵部之探討使用。

除了韵部以外，四聲的關係亦其重要，蓋平聲寬緩而長引，連用則語氣流暢平和，上聲舒徐和軟，或厲或舉，連用則佶拗不順；去聲激厲勁遠，連用則出而難收；入聲重濁而斷，連用則急促難抒；龍氏謂：「凡入聲字指短促之音，歌詞中激越慷慨之情，或清峭深勁之作，多用入聲韵」，又說：「馮延巳謁金門詞，八句，句句叶韵，兼叶上去，每句換一意境，情隨聲轉」；又說：「馮延巳清平樂詞，八句，上半闋四用仄韵，聲情迫促，下半闋四句三叶平韵，音節乃較舒徐」。而夏承燾作詞法大意亦謂：「大抵用平聲韵者聲情常寬舒，宜於和平婉轉之調；用上聲韵者聲情多高亢，宜於慷慨豪放之詞；用去聲韵者聲情沉著，宜於鬱怒幽怨之詞；用入聲韵者聲情勁峭，宜於清勁激切之詞。用韵均匀者聲情寬舒；過疎或過密者，非弛緩即促數；一韵到底者，聲情較為簡單；一調換韵部者較曲折。字句平仄相間均勻者，聲情安詳，多作拗句者，聲情雄勁。多用三五七字句相間者，聲情較和諧，多用四字六字句，排偶句者，聲情較重墜」。夏氏對於選韵原則，亦可謂言之詳矣；且又提到字句與詞聲情之關係，我們知道句子短，用韻密，必是急拍子，若再是入聲韵，則聲情激越，悲壯；若用上聲宏亮之韵，則又有亢爽激昂之概，三五七字句多條達輕快，而四字句則顯得凝重，六字句或三三，或二四，必予人以氣鬱不舒的感覺。所以佻達的小詞，多三五七字句；而聲情莊重，悲抑，則多三四六字句及排句或對句，讓人有一種擴大的凝重感覺。因為句度長短、疏密，與音樂節拍有甚大關係（詳後句法節），當然它也會影響聲情的。像這類的情況，在龍沐勛氏的：「從舊體歌詞組織，推測新體樂歌應取之途徑」一文中，縷析甚詳，不再贅述。

五、用韻種種

為了敘說方便，上面剛說到由韻部，韻調上辨別詞調的聲情，以便習詞的人，參考擇調。所以在這兒我著便談到詞的種種用韻規則：方成培香研居詞麈說：「腔出於律，律不調者其腔不能工，然必熟於音理，然後能製新腔，製腔之法必吹竹以定之，或管或笛或簫皆可，惟吾意而吹焉，即以筆識其工尺於紙，然後酌其句讀，劃定板眼，而後吹之，聽其腔調不美，音律不調之處，再三增改，務必使其抗墜抑揚，圓美如貫珠而後已。再看其起韻之處，前後兩節，是何字眼，而知其為某宮某調也。至於犯調，宮商雖犯而律字相同，實有以類相從，聲應氣求之義，不可以凌犯例之，此古人製犯調之精義也，新腔既定，命名以實之，而後實之以詞，即不實之以詞，亦可被之管弦，但不能歌耳。又填腔之法云：新腔雖無詞句可遵，第照其板眼填之，聲之悠揚相應處，即用韻處也，故宋人用韻少之詞，謂之急曲子，韻多者之慢曲子，義蓋如此。此非所難，難在審其起韻兩結之高低清濁，而以韻配之，使歌者便於融入某律某調耳。然腔調雖至多，韻腳雖至夥，而止以清濁陰陽高下配之，且所重正在起韻兩結，而其他不論，故其法又簡易不煩，古之知音者，即酒邊席上任意揮毫，莫不可諧諸律呂，蓋識此理也。至於舊腔，第照前人詞句填之，有宮調可考者，稍致謹於煞尾兩字，即無不合律矣。」方氏這段話裏，說到作曲的步驟，也許今天的作曲家，音樂家們，看起來會笑掉大牙，吹簫弄笛，隨意增減一番，記下工尺，劃上板眼，即可成譜，好馬虎的作法？！實際上，今日的作曲家，還不也是在鋼琴上敲敲打打，五線譜上劃劃弄弄？藝術本來就是這麼一回事，得自天機，發諸自然。其中談到起韵字，觀察它前後樂句中，所用的音級，也便可得知此曲的宮調了。為了保持調性，調式，所以詞曲特別講究起調（第一韵）畢曲，（兩結）這在今日南管詞樂，正是長腔大韵處，不能馬虎。簡而言之，就是詞韵的聲情要和音律配合，方是合調，方能予人以明顯的感覺。所以「失韵」便是「落腔」，「腔」、「韵」並舉，其理在此。我們也可以看到白石詞旁譜字，凡韵叶處，幾乎都是同宮律字，尤其在起韵結韵處，決不含糊。所以從前人只要聽到韵句，便可知其聲情，如果首句起即押韵，那麼人們會立即明白此曲屬何調。因此若樂譜零落，如果文詞句度，韵叶俱在，韵句聲譜尚有數句可稽，通音律者，還可揣摩而足成之，像蘇東坡的洞仙歌，姜白石的徵招，都是如此作成的。懂得製歌譜的音樂家，當不致以之為非，同時用韵和聲情有關，在陳銳的裦碧齋詞話裏也說：「學填詞先知選韵，琴調尤不可亂填，如水龍吟之宏放，相思引之悽纏，仙流劍客，歸勞人，宮商各有所宜，則知塞翁吟紙能用東鐘矣」！不僅此也，甚至連韵腳的上一字，也要注意講求，周介存宋四家詞選序中：「韵上一字最要相發，或竟相貼，相其上下而調之，則鏗鏘諧暢矣」，他的相發相貼相調，不正是前節所說的：「陽聲字多則沈鬱，陰聲字多則激昂」，「重陽間一陰則柔而不靡，重陰間一陽則高而不危」，如此注意韵腳處的聲字調配，引而申之，到了元曲，周挺齋提出末句要嚴守平仄四聲，不是故意求其嚴而苛的「律」，實是韻句合樂律聲調的需要。我們觀察遏雲曲譜及納書楹曲譜中，所載正場過曲，它的叶韻字的工尺，都是特別明顯而一致。如牡丹亭的遊園一折中，皂羅袍一支，其韻腳字及其工尺譜各為：「遍：六尺上四，垣：工六，天：工，院：合四上四，捲：工合四，軒：上尺上四，片：上四合工，船：四，賤：合上四」（據遏雲閣曲譜）。從上面可以看出，韻叶字大都落在四字上，其腔在莊重平和的中音部份，讓人聽來。也會覺得是個深閨千金的語調。當然這也不是一成不變的，它祇是供我們要模仿時的一個參考。

有了詩歌，就有押韻現象，劉彥和的文心雕龍聲律篇說：「異音相從謂之和，同聲相應謂之韻」。這是詩歌的特性。我國歷來韻書，大都是為了詩的叶韻而產生的，詞亦本無專門韻書，大致沿襲詩韻。詩的用韻除古詩而外，近體詩大都是很細密的，但是詞的韻部較寬，它也可說是詩韻的實用修正，歷來詞韻專著的書也不少，而且分合爭論也很多，不外乎或昧於方音，各執所偏，或蒙於尊古（如學宋齋），失之於亂；或迷於時行曲子，則又失之太濫。此處不是研究詞韻的專題，所以這些問題，我們不談，一部戈順卿的詞林正韻，大概可以說是已被公認的理想的詞韻了。這裏要談的是一些詞中用韻的種種實際情形。

初學詞有個模糊的先得之見，那就是詞韻較詩韻寬，三聲通押，以及可轉韻換韻等，極為方便，於是就小慧自喜，到處通，到處轉，到處換，若是自我創作，不足為怪，若是填前人的詞調，則未免有點「野狐禪」了！實際說來，它們的通、轉、換，是特殊的而非一般的，大致上詞韻仍有一定規律，嚴格處，不亞於近體詩，尤其是慢詞，沒有那麼多通、轉的方便，杜文瀾的憩園詞話曰：「仄聲調之韵，原可上去入三聲通用，亦有宜分別者，如秋宵吟、清商怨、魚游春水等調，宜用上聲韵；玉樓春、菊花新、翠樓吟等調，宜用去聲韵；壺中天、琵琶仙、惜紅衣、淡黃柳、淒涼犯、暗香疏影、蘭陵王等調，宜用入聲韻。乃其宮調如是，入聲韻尤嚴，不可紊也」。杜氏此語，實是知律之言，美文之所以為美，就是在它增之一分，減之一分，或換成別的都不行；要仿它，當然得在形貌上，精神上，像著它。所以在用韵上，當然也得遵原作規格，不要踰矩。此說之起，本於楊守齋作詞五要，其第四云：「要隨律押韵，如越調水龍吟，商調二郎神，皆用平入聲韵，古詞俱押去聲，所以轉摺怪異，成不祥之音，味律者反稱賞之，真可解頤也」。瞿安先生詞學通論曰：「戈順卿又從其言推廣之，於學詞者頗多獲益，其言曰：詞之用韵，平仄兩途，而有可以押平韵，又可以押仄韵者正自不少，其所謂仄，乃入聲也，如越調又有霜天曉角、慶春宮；商調又有憶秦娥，其餘則雙調之慶佳節；高平調之江城子；中呂宮之柳梢青；仙呂宮之望梅花、聲聲慢；大石調之看花回、兩同心：小石調之南歌子。用仄韵者，皆宜入聲，滿江紅有入南呂宮者，有仙呂宮者，入南呂宮者，即白石所改平韵之體，而要其本用入聲，故可改也。此外又有用仄韵，而必須入聲者，則如越調之丹鳳吟、大酺；越調犯正宮之蘭陵王；商調之鳳凰閣、三部樂、霓裳中序第一、應天長慢、西湖月、解連環；黃鐘宮之侍香金童、曲江秋；黃鐘商之琵琶仙；雙調之雨霖鈴；仙呂宮之好事近、蕙蘭芳引，六么令，暗香疏影；仙呂犯商調之淒涼犯；正平調之淡黃柳，無射宮之惜紅衣；中呂宮之尾犯；中呂商之白苧；夾鐘羽之玉京秋；林鐘商之一寸金；南呂商之浪淘沙慢。此皆宜用入聲韻者，勿概之曰平仄，而用上去也，其用上去之調，自是通協，而亦稍有差別，如黃鐘商之秋宵吟，林鐘商之清商怨，無射商之魚游春水，宜單押上聲；仙呂調之玉樓春，中呂調之菊花新，雙調之翠樓吟，宜單押去聲；復有一調中必須押上，必須押去之處，有起韻結韻，宜皆押上，宜皆押去之處，不能一一臚列。（見詞林正韵發凡）順卿此論，可云發前人所未發」。戈氏作詞韵時，於某些詞調之必叶某韵，曾詳予考訂，其所臚列，足供參考。關於詞之用韻情況，陳伯弢的詞比中韵協第二，徐棨詞通中的論韵，及夏承壽的作詞法中，分析臚列，甚為詳盡，但讀來未免令人有失之瑣碎之感，因為他們都是只談現象，不探原委，縱然把八百七十五調的平仄韵目都排列出來，實際上也無補益，因為我們要知其所以然才好！

大致說來，用韵時，第一遵照原調用韵，總不會差，因為像姜白石變入聲滿江紅為平韵，李清照變平韵聲聲慢為入聲的那些事，只有在聲譜完整的時候，可以如此斟酌更換，今日譜字不存，就不必自我作古了，此其一。其次初期小令短調，常常有換韵轉韵的現象，這當然與聲情有關，王又華的古今詞論說：「小調換韵，長調多不換韵，間如小梅花、江南春諸調，凡換韵者，多非正體，不足取法」。「長調多不換韵」，這句話是對的，換韵不足取的看法，大概是以站在代表兩宋的慢詞立場而言的，實際上情隨聲轉，聲隨律移，一個聲情變化多的小曲子，何嘗不是一件好藝術品？換韵之舉，固是無可厚非的！同時也可從此現象瞭解中國的舊音樂，絕不是一板三眼那樣沒有變化的唸經調子，也不是那樣貧乏的五聲音階可以包括得了的，我們讀那三換韻的調笑，四換韻的菩薩蠻，虞美人，減字木蘭花等，不也情致懇切，挺動人的？不過轉換韻也要轉得技巧，換得圓滿，沈雄的古今詞話說：「轉韻須有水窮雲起之勢，苦重疊金、虞美人、醉公子、減字木蘭花，謂之四換頭，以其四轉韻也，他如荷葉杯，酒泉子，河傳等曲，如不轉韻，豈不謂之好語零碎也乎」？沈氏於換韻之舉頗為欣賞，而且也道出小詞之俏，即在多變韻，若是韻語平淡，真是變成了一堆雜碎了！

大致說起來，用韻的疏密，頗關聲情，韻語愈密，情緻愈迫，但詞中置韻的距離，也是差距甚大的。陳銳的詞比中，列舉由一字即起韻的十六字令、一字令、金字經、哨徧換頭等，以至像東坡醉翁操的「琅然清圓誰彈」兩言叶韻的短柱體，句句用韻的醉妝詞、醉太平；六句一用韻的破陣樂、雙頭蓮；七句及八句一用韻的鳳歸雲等，變化甚大！而換韻、互協韻、通協、側協、隔協、暗協等，可以說，變幻多端，其中尤以暗協一事，到是值得說一說，周德清的作詞十法中，有六三韻語一條，謂此二字一韻之短柱體，韻脚皆用平聲，且在聲情流美的「務頭」上使用，以別精粗，如眾星中顯一月之孤明。在詞中則不如曲中二字一韻的六字句如此之密，但卻也在不當韻脚也非句末的句中，暗藏同韻之字。沈義父樂府指迷曰：「詞中多有句中韻，人多不曉，不惟讀之可聽，而歌時最叶韻應拍，不可以為閒字而不押！如木蘭花云：傾城尋勝去。城字是韻，又如滿庭芳過處：年年是新燕，年字是韻，不可不察也」。此種句中韻，到是詞家所留心的，所以吳師道的吳禮部詞話也說：「木蘭花慢，柳耆卿清明詞得音調之正，蓋傾城盈盈歡情，於第二字有韻，近見吳彥高中秋詞，亦不失此體，餘人皆不能，然元遺山集中凡九首，內五首兩處用韻，亦未為全知者」。而謝章鋌的賭棋山莊詞話也說：「詞如河傳、醉太平等調，句中多有用韻者，填之應節，極可吟諷」。這種句中韻，也叫短韻（或短柱）、暗韻，杜文瀾的憩園詞話說：「宋詞暗藏短韻，最易忽略，如惜紅衣換頭二字，木蘭花慢前後段第六七句，平平二字，霜葉飛起句第四字，皆應藏暗韻，此外似此者尚不少，換頭二字尤多……」這種暗韻，不是閒字，也正是著腔美聽處，所以才「極可吟諷」。像前所舉詞中，滿庭芳過片第一句第二字；霜葉飛第一句第四字都是應用暗韻之處；像木蘭花慢一首中，多至三處暗韻，可見其細緻；不過與這種暗韻相似的，即是在慢詞的換頭第一句，多作二字韻語，沈雄的古今詞話說：「周簹谷曰：換頭二字用韻者，長調頗多，中間更有藏韻，木蘭花慢，惟屯田得音調之正，蓋傾城盈盈歡情，於第二字中有韻；且如定風波、南鄉子、隔浦蓮，豈可冒昧為之」。於此可知句中韻則又可叫作藏韻；而換頭二字起韻，則又為慢詞之特殊標識，多不勝舉。欲求其細，當然不可冒昧為之了。

除了慢詞換頭處常用二字短韻，以及若干詞調在某些特定的句中有暗韻，習詞者必須知道外，還有入聲韻要小心使用，因為詞樂多保有清商之遺，四聲甚為分明，除了平入有互用處，最好不要三聲通叶，以免貽「落腔」之譏，尤其是收M的閉口韻，（在今天國語中已失去，但方言中尚保有），若是創新詞，固不必過慮，但若照舊詞牌填作，乃是仿古人聲調，如果忽而抵顎，忽而閉口，忽而穿鼻，如此叶韵，歌者必定很不自在，所以閉口韵也最好單協，不要雜用，這是舊韵所要謹守的。

最後在用韵方面，尚有近乎文字遊戲的通首用楚些（辛軒的水龍吟）作韵腳的長尾韵，以及黃山谷阮郎歸全首用山字叶的福唐獨木橋體，不過是文人一時心血來潮，作下來的一些特例，不足為訓，但祗可備一格，聊供談助而已。所以劉體仁的七頌堂詞繹說得好：「山谷全首用聲字為韵，注云：效福唐獨木橋體，不知何體也，然猶上句不用韵，至元美道場山，則句句皆用山字，謂之戲作可也；詞中如效醉翁也字，效楚辭些字，兮字，皆不可無一，不可有二」。張德瀛詞徵也說：「福唐體者即獨木橋體也，創自北宋，黃魯直阮郎歸用山字，辛稼軒柳梢青用難字，趙惜香瑞鶴仙用也字均然，朱錫鬯長相思用西字，柳梢青用耶字，行香子用孃字，陳其年醉太平用錢字，瓢字，本斆宋人，此亦如今體詩之轆轤格，壺盧格，乃偶然託興者，必踵其轍，則為惡境矣」。這種事祇能視為興之所至。若刻意去學，真真墮入魔道了。

六、調聲應譜

叶韵，不是中國文學所獨有，其他文學也擁有這項特點，不足為奇。唯有我們是單音文字，而且文字又具備了「四聲」的特別條件，因此構成中國語的特有聲調，這是其他文字所沒有的，所以我們一談到中國的文學，就會想到中國文學特具的平仄，無論詩、詞、曲、賦，只要是美文，幾乎都少不了要「調聲協律」這一節，我們便談一談詞的平仄四聲以及它的陰陽問題。

任何語言，都具備有聲調，但音綴多的拼音文字，不若單音文字的聲調頻繁，所以我們聽外國朋友講中國話，第一個感覺，便是他們聲音平平的，缺乏高低快慢，而這種高低快慢，便是我們要說四聲、陰陽問題，本來這也是一個語言學上極複雜的問題。在這裏我們不能討論它的如何發生，歷代如何演變，我們只能就它在音樂上，聲情上所表現的相關情況，作一簡單說明。自從齊梁永明之後，由於佛經轉讀及梵唄誦唱的關係，中國人對印度佛教研究語言的「聲明論」發生了興趣，而且也把中國字根據梵文的三聲加上中國特有的入聲，合而創為四聲之說（羅常培漢語音韻學導論第四講），但歷來文學家，聲韻學家，對四聲之說，「敘」、「狀」（筆者杜撰）紛紜，莫衷一是。劉彥和文心雕龍聲律篇一文，對聲音之內聽，與音樂之外聽，說得非常透徹，他說：「疾呼中宮，徐呼中徵，夫商徵響高，宮羽聲下（美華盛頓大學施友忠先生英譯文心雕龍頁一八二註一，釋宮商角徵羽為C、D、F、G、A，茲注為參考）；抗喉矯舌之差，攢脣激齒之異……聲有飛沉，響有雙疊，雙聲隔字而每舛，疊韻雜句而必睽，沈則響發而斷，飛則聲颺不還。……聲畫妍蚩，寄在吟詠，吟詠滋味，流於字句。……異音相從謂之和，同聲相應謂之韻。……聲不失序，音以律文，其可忘哉」？他這一篇，說到疾呼徐呼，響高聲下，說到喉牙脣舌的差異，這無異是說明四聲、清濁的不同，同時也提到雙聲、疊韻，和應等問題，而這些問題，也差不多已全包括了後來韻文所講求的聲律，但他以「音以律文」一句強調文章要講聲律，似乎不及陸機文賦的：「暨音聲之迭代，若五色之相宣」的比喻，令人易曉！畫圖必賴顏色之調配，以求其美，而韻文講求聲音之調配，則正如作畫之調色、構圖，意境固是重要，而色彩之調配亦是不可或缺之要件。

六朝因講四聲，於是乃有韻書之作，唐宋而後，韻書甚為普遍，因語言的變遷而使古今韻讀發生差異，於是有人專門研究韻書的分合，進而變成文字學家的專業，浸假而文人作為詩文，講求四聲，則成了知其然而不知其所以然的景況；各家對於四聲的解釋，或說是高低長短，或說是輕重疾徐，說來說去，愈說愈亂，而作詩詞的人，終於只知嚴守四聲格律，而不知何以要講求四聲，同時也不想去深究何謂四聲？等而上者，只說是為了好聽，等而下之者，只說照辦就是，這種玩魔術似的愚昧作風，怎麼不讓活生生的文學，變為「婢學夫人」？弄巧成拙？而使今日鐘律之說不存，滿街兒郎競作胡語，終致瓦缶雷鳴，元音蕩然了！這點我們不能不檢討的。

唐鉞的國故新探音韵之隱微的文學功用中說：「……平上去入，固然是高下長短的關係，如上聲比入聲高，平上去各比入長之類。但同是下平，而「提」音比「圖」音高，同是上平，而「花」比「迂」長，又通常兩字相連而只表一意，上一字比下一字讀得重些。又入聲以短促故，似乎比平上去都重些。此外又有：聲隨意轉的原則，就是字音的高下、長短、輕重、一部份隨文中的意義而變。此外一字起首附音的性質，如吹氣（今言送氣）與否？是否濁音，是唇音，或齒音，或其他，都和音有關係，不過一時不能一一表為公式罷了」。唐氏這段話，可作劉彥和聲律說的補充和說明，但是他提出的「聲隨意轉」的原則，到是我們今日講聲律，嚴四聲陰陽所先要知道的一個先決原則，才不致膠柱鼓瑟地講聲律。

四聲的現象，它們應該是活動的，而不是刻板的，用劉復與趙元任兩先生的語言學的科學方法來分析四聲，認為四聲與長短，音質間有關係，但不甚重要，主要是一個極複雜的兩音組合，彼此間動時所產生的漸次的，滑動的比較高低，而其音高與時間函數成曲線度。這種說法，似乎又太專門了，但我們可以知道，簡單點說，四聲之產生主要乃是一串單音組合時，各字音間所具有的相連關係而產生的高低長短，同時四聲亦會因意變而變，不是一成不變的，至於各字間之比較相對高度，正如唐氏所說，不能一一表為公式，其間變化隨時不同。換句話說，四聲現象與音樂旋律，文詞意義所產生之情感表徵，是個變動的，複雜的現象。譬如：姜白石的揚州慢中第一句：「淮左名都」，其旁譜為「スリフ人」，譯成工尺譜，應為「六凡工尺」，譯為do Re Mi唱法應為「Sol、Fa、Mi、Re」，可是謝元淮的碎金詞譜則作「工六工工六五」，就成之「Mi、Sol Mi、Mi Sol、La」，姜是雅樂一字一音的意境來唱此曲，可是謝元淮卻是用崑腔劇曲的口吻來唱此曲，同一句詞，前後唱法，有如此大的出入，此例足可讓我們知道聲情，詞情、聲調的關係，是多麼的微妙而複雜，如何可以公式化呢？又如永遇樂一首的第一句，九宮大成譜蘇東坡的「明月如霜」乙首，此四字工尺作「四、上、上尺、工」，（La、Do、Do Re、Mi），而另有經吳瞿安氏所訂定的辛稼軒的「千古江山」一首，其工尺作「尺、上尺、工、工」，（Re，Do Re，Mi，Mi），我們看「千古江山」四字的四聲陰陽是：「陰平、陰上、陰平、陰平」。而「明月如霜」四字則分別為：「陽平、陽入、陽平、陰平」，它們兩句，唯「霜」、「山」二字同為陰平，同為韻腳，不失本律，故都是Mi音，至於其他六個字，「明月如」乃陽聲，走低濁，所以「千古江」三陰聲則較高，此其一；其次各句旋律之不同，乃因它們之間，或因聲母音值之高低，介音的高低，聲調的高低，所以旋律就不同了（主要聲情Mi字未變，這點很重要），它們是相互有先天的比較相對的高低，同時它們與韻字之間的高低也可確定，所以它們組合起來，不會變成「Sol（明）、Do（月）、Do Re（如）、Mi（霜）」，或「La（千）Do Re（古）La（江）Mi（山）」，如此不調和的差距的。這是個複雜現象，總之以合于語言聲情之所需，美化而不過份矯揉做作，便可以了！

在這裡，我們可以用唐鉞國故新探的論聲韻組成字音的通則中的一段話作參考：「中國語音的洪亮度，可以粗略地分類四類：第一類a（ㄚ），o（ㄛ），ê（ㄜ），e（ㄝ）等母最洪亮，第二類u（ㄨ），ü（ㄩ），i（一）等母次之；第三類m（ㄇ），n（ㄋ），gn（广），gn（兀），r（儿）等母又次之；u、ü、i當其功用是充作第一類的韻母的收聲時，約略也屬此第三類。第四類：其他聲母，最不洪亮」。他又說：「中國語每音綴至多不過四部份。這四部份，我們按他們的先後，稱他們做「起」、「舒」、「縱」、「收」，例如「莊字音為chuang，中間ch是起，u是舒，a是縱，ng是收。但有些字是一發即舒的，這些字祇有三部份，即「舒」「縱」「收」，如王字讀uang，u為舒，a為縱，ng為收。又有一發音即縱的，這種字只有「縱」「收」兩部，如「哀」讀ai，a是縱，i是收。凡字音至少總有「縱」「收」，如「阿」字讀o，好

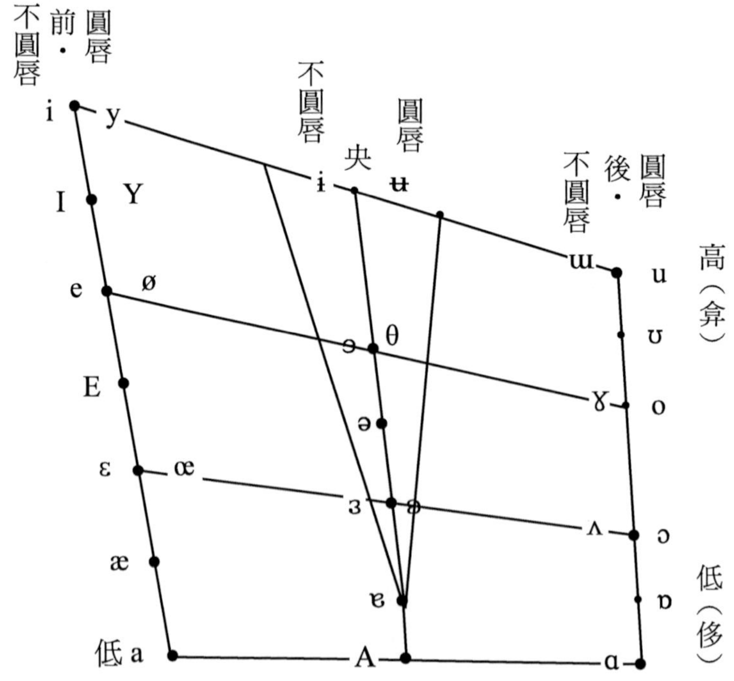

像只有縱而無收，其實不然，他的收聲與o相同，不過稍合些罷了。我們若一切字的音分析一下，就知道以下的事實：⑴佔字音的起部的一切聲母（起）；⑵佔承部的只有u、ü、i三母（舒）；⑶佔縱部的是一切韵元（包u、ü、i）（縱）；⑷佔收部的是韵尾（收）」。他的分析很簡明。

關於元音的高低，我們可以用國際音標元音高低圖作參考（見附圖）：

前圖說明如下：

㈠依縱的分類：

i y u w為最高元音；I Y U為次高元音；e ø ɘ θ o ɣ為高中元音；E ɘ為正中元音；ɛ æ ɜ ɞ ʌ ɔ為低中元音；æ ɐ ɒ為次低元音，a A ɑ為最低音。

㈡依橫的分類：

i y j Y e ø E œ æ a為前元音；ɨ ʉ e θ ə ɜ ɞ ɐ A為中元音；u w u o ɣ ɔ ʌ ɒ ɑ為後元音。

㈢大抵舌前者音細，舌後者音洪；舌高者音弇，舌低者音侈。

至於聲母清濁表，各種聲韵學的書中都有，這裏不再佔篇幅了。

前面的四聲高低，音質強弱，以及元音高低，聲母清濁（高低），本來是個綜合性的多面問題，而且它們之間，除了先天的（音質）具備，以及聲隨意轉，所產生的變化外，在使用時，則四聲、元音、清濁等現象，又可互相通轉補助，（音樂當然也可通融的，要看以誰為主，若以字就音樂—填詞—，則要審音以配字，不能不細析四聲，清濁、元音等，以期天衣無縫；若以字詞為主，則音樂旋律一定要合字音，不能天上地下，任意而為，總是要相得益彰。細部要注意，整體也要留意）這也便造成成一三五不論、融字法、三聲通用等若干問題，令人混淆，致使眾說紛紜，於是萬法無法，無法即法，玄之又玄，就變成「千層錦套頭」了！實際上它們是似疎實密，似嚴實寬。說瑣碎卻也瑣碎，說簡單卻也簡單，總之，運用之妙，存乎一心，方圓規矩是聰明人創造的，而為愚人所恪守的。不過再聰明的人，還是要利用前人已有的經驗的，聖人所謂「溫故知新」其理即此。

自從三家村的塾師也教作詩、填詞，因為近體詩因陋就簡，只講「平仄」，於是填詞也祇有「平仄」一途了。一平對三仄，在詩也許可以通融，在詞卻不能那麼簡單，一平怎能對得上去入？前面已把要講求四聲的狀況，約略說了，那是一般性的，現在讓我們從前賢之說，來觀察他們對詞的四聲及陰陽清濁使用的理論。馮金伯的詞苑萃編說：「詞有四聲、五音、均拍、輕重、清濁之別，其為之也較難於詩」。龍沐勛的論平仄四聲說：「樂有抑揚高下之節，聲有平上去入之差，準此以談，則四聲與音律，雖為二事，然於歌譜散忘之後，由四聲以推究各詞調，聲韵、組織上之所由殊，與夫聲詞配合之理，亦可得其彷彿，若執四聲以當宮律之律，則又差以毫釐，失之千里矣」！四聲不是音律，講求四聲並不能求出音律，此理甚為明顯，然而我們可以得到它們的一個彷彿狀況，或有助於我們的「創新」，新以若要配音律，首先就不能籠統地光講平仄。謝元淮的填詞淺說曰：「平仄者沈休文四聲也，平聲謂之平，上去入總謂之仄，平有陰陽，仄有上去入，倘有乖其法，則為失調，俗稱拗嗓，蓋平聲尚含蓄，上聲促而未舒，去聲往而不反，入聲逼側而調難自轉，北曲入聲無正音，是以派入平上去三聲中；南曲不然，入聲自有入聲正音，不容含混」。謝氏的圖譜雖誤謬百出，但他畢竟不是十分外行，祇是參考太少，所見不多，致生疏誤。但他這幾句話，到是純粹站在合樂的音場而言的，其所謂南曲，即是詞法之遺，可知詞宜嚴四聲，入聲更要留意不是無據的！俞彥的爰園詞話說得更深切，他說：「詞全以調為主，調全以字之音為主，音有平仄，多必不可移者；間有可移者，仄有上去入，大有可移者，間有必不可移者，儻必不可移者，任意出入，則歌時有棘喉澀舌之病，……今人既不解歌，而詞家染指，不過小令中調，尚多以律詩手為之，不知孰為音，孰為調，何怪乎詞之亡已」。作詞本為歌唱用，若不懂得音樂，也就不必深入的去研討格律，無疑是件累贅，若以歌唱為目的，則又不得不講求協律，所以沈雄的柳塘詞話，接著俞氏之說，又衍而足之曰：「俞彥云，詞全以調為主，調全以字之音為主，音有平仄，大有必不可移者，間有可移者，仄有上去入，大有可移者，間有必不可移者，任意出入，失其由來，有棘喉澀舌之病，余則先整其詞句平仄之粘，務遵彼宮調陰陽之律，縱奇才博洽，僻字尖新，有不得稱為當行者，此余從音律家學之，雖曲更嚴於詞，詞或寬於詩，有不能任意為之者」。沈氏對俞氏之慨詞之亡，提出了具體補救辦法—嚴四聲、守陰陽，從音律家之言，以補救盲目的照填。蔣兆蘭的詞說：則更將沈氏之言，進一步指示清楚，他說：「初學詞能謹寸詞律，平仄不差，已是大難，然平仄既協，須辨上去，上去當矣，宜別陰陽，陰陽審矣，乃調九音，所以然者，音律雖已失傳，而近世填詞家，後起益精，不精即不得與於作者之列，況詞固貴宛轉諧和，若一句聱牙，即全篇皆廢」。從以上幾段話，可知詞之講求四聲、陰陽，是必須的，但這些說法還是籠統的，前面已說過，一平對上去入是不可能的，但詞句之中，三仄往往也有可通融處，它們究竟如何用法呢？現在再讓我們看看前人所談論的詞的平上去入的各別用法。同時也可從他們的話中知曉他們對四聲的看法。

㈠四聲全用：詞中四字句有一句之中，四聲全用到了的，這些地方，正如曲中的務頭，詩中的拗句，一定要遵守，陳銳的褎碧齋詞話說：「詞中四聲句最為著眼，如掃花遊之起句，渡江雲之第二句，解連環暗香之收句是也；又如瑣窗寒之小脣秀靨，冷薰沁骨，月下調之品商調側，美成君特，無不用上平去入，乃詞中之玉律金科，今人隨手隨填又何也」？陳氏是從兩宋詞家名作中分析得來，自是可貴的經驗，而且此種句子多在煞尾之句。與此相反的，即一句之中全為平聲者，如壽樓春：「裁春衫尋芳」，或一句全為仄聲，而無一平聲字的，像蘭陵王：「似夢裏淚暗滴」等句。

㈡上聲字用法：李笠翁閒情偶寄，詞曲部慎用上聲曰：「平上去入四聲，惟上聲一音最別，用之詞曲，較他音獨低，用之賓白，又較他音獨高，填詞者每用此聲，最宜斟酌，此聲利於幽靜之詞，不利於發揚之曲，即幽靜之詞，亦宜偶用間用，切忌一句之中，連用二三四字，蓋曲到上聲字，不求低而自低，不低則此字唱不出口，如十數字高，而忽有一字之低，亦覺抑揚有致，若重複數字皆低，則不特無音，且無曲矣。至於發揚之曲，每到喫緊關頭，即當用陰字，而易以陽字，尚不發調，況為上聲之極細者乎」？上聲字是個轉折音，而且在一般情況下，都是在較低的音腔，像白石秋宵吟用上聲韵，所有十個韵字，與前一字之關係，幾乎一半以上是較前一字音調為低，也可說是個做腔而不發調的字，自宜慎用，因此笠翁在他的窺詞管見中，又補充說明上聲字的持性，及其用法；他說：「四聲之內，平止得一，而仄居其三，人但知上去入三聲皆嚴乎仄，而不知上之為聲，雖與去入無異，而實可介乎平仄之間，以其另有一種聲音，雜之去入之中，大有涇渭，且若平聲未遠者，古人造字審音，使居平仄之介，明明是一過文，由平至仄，從此始也譬之四方鄉音，隨地各別，吳有吳音，越有越語，相去不啻河漢，而一到接壤之處，則吳越之音相半，吳人聽之覺其同，越人聽之亦不覺其異，九州八極無一不然，此即聲音之過文，猶上聲介乎平去入之間也，詞家當明是理，凡遇一句之中當連用數仄者，須以上聲字間之，則似可以代平，拗而不覺其拗矣，若連用數平字，雖不可以之代平，亦於此句仄聲字內，用一上聲字間之，即與純用去入者有別，亦似可以代平，最忌連用數去聲或入聲，併去入亦不相間，則是期期艾艾之文，聽其詞者，與聽口吃之人說話無異矣」。這裏解釋上聲字之產生，固嫌穿鑿，然而他講到上聲字之用法，到是很可取的。

其次是上聲字與去聲字的通隔問題：前人也有成說，戈順卿的詞林正韵發凡說：「上去自來通用，惟上與去，其音迥殊，元和韵譜云：上聲厲而舉，去聲清而遠，相配用之，方能抑揚有致，故詞中之宜用上、宜用去、宜用上去，宜用去上、有不可假借之處，關係非輕」。萬紅友的詞律發凡中也說：「上聲舒徐和軟，其腔低；去聲激厲勁遠，其腔高，相配用之，方能抑揚有致」。又曰：「若上去互易，則調不振起，便成落腔」。他們都是說上聲字腔低，去聲字聲勁，要參合用之，方能有緻。所以該上必上，該去必去，最好不要以為同是仄聲，就通用了，它們在音腔上是不盡相同的呢！戈萬二氏之說，悉本沈義父的樂府指迷，指迷說：「腔律豈必人人皆能，按簫填譜，但看句中用去聲字最為緊要，然後更將古知音人曲一腔三兩隻參訂，如都用去聲，亦必用去聲，其次如平聲，卻用得入聲字替，上聲字最不可用去聲字替，不可以上去入盡道是側聲便用得，更須調停參訂用之」。沈氏早就提出不可替，平入有相通之處，可惜後人不肯深思，總以詩律當詞律，一平對三仄！

㈢去聲字：詞中的去聲，甚為突出，所以研究詞律的人，決不能忽視，詞律之細，尤可於去聲字上見之！前面沈義父已經提出「去聲字最為緊要」！杜文瀾憩園詞話說：「平上入三聲，間有可以互代，惟去聲則獨用，其聲激厲勁遠，轉折跌蕩，全繫乎此，故領調亦必用之」。去聲字其調勁遠，容易發調，所以它在詞中的任務也就不簡單了（詳見下用字節），好像是藥中甘草。慢詞中去聲字多在著腔處，有如詩中字眼字，不可不慎。所以陳廷焯白雨齋詞話說：「詞之音律，先在分別去聲，不知去聲之為重，雖觀詞律，亦知其然而不知其所以然，知猶不知也」。為什麼陳氏要如此的神乎其技的說這幾句話呢？我們讀一讀田同的西圃詞說，便可分曉了，他說：「古人名詞中，轉折跌宕處多用去聲，蓋三聲之中，上入二者可以作平，去則獨異，故論聲雖以一平對三仄，論歌則當以去對平上入也。其中當用去者，非去則激不起，用入且不可，斷乎勿用平上也」。去聲字本身條件就特殊（多為虛字、動詞），所以它的任務也就特殊了！甚至於有時無適當去聲字而用平聲或上聲字時，則曰「融入去聲」（見白石集中，這種「融」字法，在唐宋之際，到也是詞中的一味甘草，惜其法久已失傳）。可見去聲獨用之嚴。像吳夢窗有兩首惜黃花慢，其中去聲字一一相同。

㈣入聲字：詞曲二者，雖常為人所並舉，大致講來，無論音律、格律、應是相通的，但自從挺齋周德清的中原音韵，分為十九個韵部，把入聲分入陰聲韵的平上去之後，入聲字在詞曲中的存在與使用問題，頗引起爭端，主要還是南北之爭與古今之辯！如果知其通變，自然許多問題可以澄清，但許多問題，它們之間的消長陵替，卻是錯綜複雜的，那麼不管如何的整理它，總是只能得其梗概近似而已。詞曲同以音樂為主體，都可唱，這是一致的，但它們之間，也有另一個相同情況，那便是劇曲家常說的：有場上曲，有案頭曲，場上曲供搬演，講求諧聲合律，場面安排，總要以靈活運用為原則，所以總較為俚俗；案頭曲是文人閉門造車，按譜填作，理想重於實際，雅是雅了，但只能供詞章上的欣賞，卻不能播諸管絃，活生生地表演於場上，所以叫做案頭曲；詞在性質上，當然也脫不了如此景況：可供旗亭傳唱者，謂之作家詞，必是音律諧婉，可協管絃；

只作酬贈寄意，作為文詞欣賞者，謂之文人詞，美則美矣，祇可目賞而不能耳聆；自兩宋詞樂衰歇，南北曲代起而後，後世之作，多為文人之詞，而少作家之歌，故詞律之寬嚴問題，亦難確定，大要不外詞為南音清商之遺，寬之濫不如嚴之苛，異乎中原音韵的入聲分附平上去，自不足為非，故詞中四聲仍宜分清，南曲多源於詞，而明清諸家，於入聲閉口韵，規禁甚嚴，瞿安先生詞學通論曰：「蓋入聲叶韵處，其派入三聲，本有定法，某字作上，某字作平，某字作去，一定不易」。又曰：「至於句中入聲字，嚴在代平，其作上去，本不多見，詞家用仄聲處，本合上去入三聲言之，即使不作去上，直讀本聲，亦無大礙」。又曰：「又詞有必須用入之處，不得易用上去者，如法曲獻仙音首二句：虛閣籠寒，小簾通月。閣、月宜入；淒涼犯首句：綠楊巷陌：綠、陌宜入。詞中類此頗多，蓋入聲字重濁而斷，詞中與上去間用，有止如槁木之致」。吳先生此論，正是南詞家法。

劉熙載藝概也說：「古人原詞用入聲，效其詞者，仍宜用入，餘則否；至如句中用入，解人慎之」，這是保守的說法，陳銳的褏碧齋詞話說：「詞調分上去入，用字則祇知平仄，此大誤也！一詞中有少數入聲字，如高陽台，掃花游之類，有多數入聲字，如秋思耗、浪淘沙慢之類，又如鶯啼序中有少數上聲字，千萬不可通融者，今人不知上去，況入聲乎」！關於談到入聲問題的聲律家頗多，大要不出如此主張，然而入聲現既不存於今日口語中，我們又何必要再添枷鎖呢？當然，今日之通行國語，固已失去入聲，但在大多數的方言中還保有入聲，而古來四聲完備，所以在古典文學中入聲之不可廢，正如四聲之不可廢，不過入聲字在韻腳上是因為句末拖腔不便，而有一頓即轉入上去平之勢，所以往往混同。汪薇史師中原音韻講疏，韻旨總講中說：「平上去入，義據南聲，南口便於輕唇輕舌及齒頭運轉之勢；北口習於重濁而易用捲舌，故南音唸字易斷難續，北口高亢，易續難斷（歌唱反是，南易連北易斷），入聲出口極促，聲稍延遲即混平上去，就弦索言之，聲稍抑即揚易，而幽抑不揚難，揚則泛音廣，故入聲字應弦，輒混入平上去三聲，弗能明析毫釐，入聲出口即斷，始保原音，而北音固不易為也！故中原音韻以入聲字派在平上去中，三聲是用，豈得已哉」？汪師此段話，已將入聲合弦索（北曲）之情況，詳予闡釋，此亦即樂用管與弦，在詞字上有甚大區別，清商以管定音，自有不同於北音者。而周氏的入作平上去，祇是為叶韻之方便，周氏正語作詞起例中說：「入聲作三聲者，廣其押韻，為作詞而設耳。毋以此為比，當以呼吸言語還有入聲之別而辨之可也」！可知入聲配入三聲，祇是為在曼聲叶韻時通變，廣其韻叶，而且周氏亦不主張多用，至於句中，則仍以有入聲為是。蓋入聲在韻尾，由於曼聲關係，一斷即續，聲即混同平上去，而且句尾用韻，乃是詞的主腔處，不可能一斷即了，因此，它不得不消失p、t、k的收音，而延作平上去三聲；至於在句中，正如上聲轉低、去聲激起一樣，平聲作延長至數拍，而入聲正可在諸抑揚長音中，作一頓斷的調劑作用，所以蔣兆蘭的詞說曰：「凡四言偶句，仄仄平平，平平仄仄者，上句第二字，下句第四字，古人都用入聲，蓋以兩仄相連，忌用上上去去，故以入聲間之也」！蔣氏之說，可以作我們調聲協律時之參考的！總之詞中入聲字，仍以宋人成作為準，嚴總比寬有規矩些。

㈤陰陽問題：作詩只講到一平對三仄，作詞曲又講到平上去入四聲，可是除了四聲之外，尚有一個原則，我們不能不留心，在齊梁時代，只講到「前有浮聲，後須切響」，或「聲有飛沉，響有雙疊」，他們只是說到調聲，調整聲音，不要做「文家之吃」，如此而已！可是在協律文學中，除了韵叶要講求應響，四聲要求其調和之外，每一字的發聲部位，（即唐鉞說的「起」，聲韵家所謂的「發」，聲律家所說的字頭，語言學家所謂的聲母）它們和協律也有莫大關係，汪薇史師中原音韵韵旨總講曰：「夫字合頭、腹、尾之聲以成一音，其聲在頭者曰發聲，在尾者曰收韵，啟口若不準，收韵若不清，則字音亂而無以類叶，然又務與樂律謀相通者何哉？歌之在口，和之在樂，字音失準，歌不辨詞，樂不協字，此樂律須就字音之準則也」。假若每字發聲之字母，不予留意，往往會變成挺齋所說的：「歌其字，音非其字者，合用陰而陽，陽而陰也」。何以如此呢？挺齋在作詞十法第六「陰陽」中說：「用陰字法，點絳唇首句，韵脚必用陰字，試以天地玄黃為句歌之，則歌黃字為荒字，非也。若以宇宙洪荒為句，協矣。蓋荒字屬陰，黃字屬陽也……用陽字法：寄生草末句七字內，第五字必用陽字，以歸來飽飯黃昏後歌之，協矣；若以昏黃後歌之，則歌昏字為渾字，非也。蓋黃字屬陽，昏字屬陰也」。周氏舉例之一，點絳唇首句，今檢納書楹曲譜中氣英布的賺布，馬陵道的擺陣，蓮花寶筏，綄沙記，西樓記等點絳唇首句（襯字略去），分別是：「楚將極多」、「蓋世英雄」、「帝王親差」、「布襪青袍」、「黃石深籌」，它們的工尺譜大致都是La、Sol Fa Mi、Sol、Re（女腔則作Re、Do Si La、Do、Sol、如四聲猿罵曹等）小有變動多在第一字的輔腔，無關緊要，要緊的是第二字的Sol音與第四字的Re音，其問差五律，無論如何，第三字要比第四字高，也可以說，第四字要唱低腔，弦索腔陰聲字可往低唱，而且玄黃二字都為等高之陽聲字，第一字與第二字音階差得太遠，則明顯的不等高，而變成歌其字音非其字了！我們驗之於口，也能明白此理，黃荒二字它們同為平聲、合口、鼻音、江陽韵，一是胡光切匣母的濁聲字，一是呼光切曉母的清聲字，但它們與玄、洪組合成詞用時，玄黃要等高，字音才不變，而洪荒二字有高低之別，正可合Sol、Re的音階，所以它們聲母間相對的聲勢，音高，亦要配合，否則就會變成怪腔怪調，這便是聲律家，作詞家之所以要講陰陽的道理了！

其實詞家早自李清照便已提出清濁的問題，胡仔的苕溪漁隱叢話載其說曰：「李易安云：蓋詩分平仄而歌詞分五音，又分五聲，又分六律，又分清濁輕重」。這是詞家最早正式提出的；江順詒的詞學集成說：「一調之中，平上去入之韵固宜恪遵，一字之中，喉舌唇齒牙之音尤宜嚴辨」。江氏要辨喉舌脣齒牙的意思，不僅要辨發聲部位避免連用太多，造成拗口令，正如易安居士所云，更要辨其清濁，陰陽；黃九煙論曲說：「三仄應須分上去，兩平還要辨陰陽」。可是詞曲中的陰陽問題，不僅與聲韵學家的所謂的帶鼻音韵尾，與不帶鼻韵尾的陰陽相混，而且它們與清濁，高低的定義，也不一致，請看王伯良的曲律第六論陰陽是如何說的：「古之論曲者曰：聲分平仄，字別陰陽。……自五聲之有清濁也，清則輕揚，濁則沈鬱，周氏以清者為陰，濁者為陽；

故於北曲中，凡揭起字皆曰陽，抑下字皆曰陰、而南曲正爾相反，南曲凡清聲字皆揭而起，凡濁聲字皆抑而下，今借其所謂陰陽二字而言，則曲之篇章句法，既播之聲音，必高下抑揚，參差相錯，引如貫珠，而後可入律呂，可和管弦，倘宜揭也，而或用陰字，則聲必欺字；宜抑也，而或用陽字，則字必欺聲；陰陽一欺，則調必不合，欲詘調以就字，則聲非其聲；欲易字以就調，則字非其字矣」。王氏於北曲南詞陰陽制度之不同，已經說得很清楚，而且於曲之所以講陰陽，亦申論甚明，劉熙載的藝概也說：「曲家之所謂陰聲，即等韵家之所謂清聲，曲家之所謂陽聲即等韵家之所謂濁聲，自切韵指掌、切韵指南、四聲等子，於三十六字母已標明清濁」這樣說法，清濁陰陽的關係，當可明白，所以謝元淮的填詞淺說也申說道：「天地自然之理，輕清上浮者為陽，重濁下凝者為陰，乃中原音韵反以清為陰，濁為陽，陰陽倒置者何歟，蓋周氏之韵專為北曲而設，北音重濁，凡唱重濁字皆揭起，唱輕清字皆抑下，正與南音相反，南音唱輕清字皆高，唱重濁字皆低，其仍以清聲名陰，濁聲名揚者，亦緣周氏之書，遵用已久，驟難更正」。顧仲英的製曲十六觀也說：「曲中用字有陰陽法，人聲自然音節，則音當清輕處必用陰字，當重濁處必用陽字，方合腔調」。（以下與挺齋相同，不再徵引）這種情況之產生，也就是汪師的中原音韵講疏中所說的，北用絃索，南近管音，詞以管為主，其清濁之用，與絃索調相反，曲之講求聲母清濁，正可為詞律之佐證，因為它們都是要合樂唱的，至其兩相顛倒使用，則識者自知，毋須多辨。這些雖然是小地方，太瑣碎了！可是小地方不留意，往往害了大局，試聽今日許多歌唱，唯聞其腔之美，但聽不出是唱的什麼字，這便是沒有弄清楚管、弦配聲樂之異，以及單字之聲母、介音、韵部之異，籠籠統統，其結果自然似是而非了！瞿安先生詞學通論說：「大略陰字宜搭上聲，陽字宜搭去聲」。不過有一點我們要注意的，周挺齋為北口而作「正音」，祇有平聲分陰陽，仄聲不分陰陽，但詞為南聲，四聲既全，而各聲均可分陰陽，所以徐大椿樂府傳聲說：「字之分陰陽，從古知之，宋人填詞極重，只散見於諸家論說，而無全書，惟中原音韵將每韵分出，最為詳盡，但只平聲有陰陽，而餘三聲皆不分陰陽，不知以三聲本無分乎？抑可以不分乎？又或以去入有陰陽，而上聲獨無陰陽，此更悖理之極者，蓋四聲之陰陽皆從平聲起，平聲一出，則四呼皆來，一貫到底，不容勉強，亦不可移易，豈有平聲有陰陽，而三聲無陰陽者，亦豈有平去入有陰陽而上聲獨無陰陽者？此等皆極荒唐之說」。他又說：「但作曲者能別平聲之陰陽已屬難事，若併三聲而分之，則尤難於措筆，不必字字苛求，然不可以作曲之難，而併字之陰陽亦泯之也」。徐氏以南音而分陰陽，當然四聲都有陰陽的，不過除了平聲的陰陽較易辨別（故周氏中原韵亦只有平聲陰陽）外，其餘三聲不易分辨罷了！

㈥雙聲疊韵：王靜安的人間詞話說：「自李淑詩苑，偽造沈約之說，以雙聲疊韵為詩中八病之二，後世詩家多廢而不講，亦不復用於詞。余謂苟於詞之蕩漾處多用疊韵，促節處用雙聲，則其鏗鏘可誦，必有過於前人者，惜世之專講音律者，尚未悟此也」！王氏此種呼籲，到也是在我們嚴聲別韵之中，來了一個調和。我們讀前人很多好詩詞，雙疊之處甚多，像歐陽修的庭院深深，李易安的尋尋覓覓的疊字，人人都讚不絕口，而況不同字的雙疊，當然更是可愛的，錢竹汀的音韻問答，對於這一問題，分析得甚為詳盡，不僅詩三百篇中雙疊甚多，而漢人辭賦其用力處，更喜用雙疊，我們知道許多連緜詞，尤其是形容詞，副詞，這類狀詞，用得更多，它們在口語裏出現得也多，如果我們用得適當自然，可以有助於詩文音節的流美，增加感應力，假若太多便要拗口結舌了！

七、用　字

前節講完了諧聲協律的一些小問題，本擬按篇章，句，字的順序，講作詞法裏的一些較須留意的特別情況，但因為前面都在零碎的枝節上，突然又作籠統說，恐怕令人看來不能產生連貫作用，而且前節的調聲，陰陽，雙疊，都是字句組合時協律的問題，所以我就把原定次序顛倒過來，先講字，句，而後篇章。因而在這裏先談一些特別單字在詞裏的作用問題。

㈠雙聲疊韻與疊字：前節講到，詞裏可以用雙疊增加美感，在這兒要講雙疊字在詞中的用法，周介存宋四家詞選序曰：「雙聲疊韵字要著意佈置，有宜雙不宜疊：宜疊不宜雙處，重字則既雙且疊，尤宜斟酌，如李易安之淒淒，慘慘，戚戚，三疊韵六雙聲，是鍛鍊出來，非偶然拈得也。」這是說明雙聲疊韵字要妥為安排，注意調配，不是任意使用的。與雙疊相同的便是疊字，其實疊字更是標準的雙疊，歷代詩餘引草窗詞評曰：「葛立方卜算子詞用十八疊字，妙手無痕，堪與李清照聲聲慢，並絕千古。……其詞云：裊裊水芝紅，脈脈蒹葭浦，淅淅西風澹澹煙，幾點疎疎雨，草草展杯觴，對此盈盈女，葉葉紅衣當酒船，細細流霞舉。」在我們讀到歐陽修的「庭院深深深幾許」，李清照的聲聲慢，必定覺得它們頗有情緻，而吳衡照的蓮子居詞話說：「詞有疊字，三字者易，兩字者難，要安頓生動」！兩疊字多為狀詞，要用得自然又不落俗，所以也是詞家應予留意的，大約疊字之使用，早在詩經、漢賦，樂府中，便已十分普遍。疊字之用或在句首，如姜白石玲瓏四犯：「悤悤時事如許」；王若虛尉遲杯：「的的風流心眼」。易安之聲聲慢；連疊十四字，徐虹亭謂之為大珠小珠落玉盤；有在句中者，如歐文公之「庭院深深深幾許」；劉鎮玉樓春「白頭空負雪邊春，著意問春春不語」有用在句末者，如姜白石疏影：「苔枝綴玉，有翠禽小小」。毛滂惜分飛：「斷雨殘雲無意緒，寂寞朝朝暮暮」！但大都用在一句之中，詞中有疊字之例甚多，不一一例舉。另有與疊字相似之頂真格（亦叫聯珠格），在詞中亦常見，如賀鑄更漏子：「上東門，門外柳」，黃山谷少年心：「你有我，我無你分」歐陽修臨江仙：「柳外輕雷池上雨，雨聲滴碎荷聲。」劉翰好事近：「花上半鈎斜月，月落烏啼何處」。這種用字法也甚工巧。至於張小山的疊字天淨沙：「花花柳柳真真」一首，只能謂之文字遊戲了！

㈡避叶韻的同韻字：前面已經說過，美又叶韻，旨在情節應諧，而且詩詞多以韵為句，假若一句之中，同韵字太多，則句意為之斷而不續，而且詞中用韵一定，多出韵字，自然會擾亂音樂主旋律的和諧，故宜避用（但定格句中暗韵不在此限），四聲八病說中的大韵一病，頗為相近，方成培香研居詞麈曰：「凡一詞用某韵，則句中勿多雜入本韵字，而每句首一字，尤宜慎之」。方氏之說，不僅句中慎檢，而句首更宜避用。

㈢虛字：一般文法學家，把形容詞、動詞、副詞、介詞等稱為虛字，以示與名詞，代名詞等實字相對待，如詩中之字眼，詞家多注意此等字之使用，所謂一字可使之活，一字可使之死！此種字又多為口語中習用字，故前人有搜集一處，以供採用者，如楊慎詞品以及張德瀛的詞徵卷三臚列六十餘條，可見詞家於虛字之重視，然而歷來詞中虛字的使用及其名稱，甚為混淆，茲依虛字在詞中使用之任務，略分為三類：1.一般虛字；2.領字；3.襯字。

1.一般虛字：即詞中為了加強文意而使用的若干虛字，此類和普通文章中所使用者相似，一般文法修辭家都說到一些虛字如形容詞，副詞，語氣詞等的使用法，詞中使用此類虛字亦多，如秦觀滿庭芳：「暫停征棹，聊共飲離樽」；史達祖雙雙燕：「應自棲香正穩，便忘了天涯芳信」；張輯疎簾淡月：「梧桐雨細，漸滴作秋聲」等詞中的「聊」字，「應」字；「便」字；「漸」字，都是需要留心推敲的虛字，甚至像「紅杏枝頭春意鬧」的「鬧」字，「春風又綠江南岸」的「綠」字，都可算廣義的宜斟酌的虛字，關於此類字，前人說得甚多，詩話，詞話中在在都有，所以在此不用多舉例了！

2.領字：在文法學家有所謂「啟語詞」，如夫，蓋，而，然，……等字，擺在句子前頭，以表示句意的態度，而詞中亦有類似的字放在句子前頭，以加強其情態，但此類領字有時與虛字是相混而難分的。不過虛字的位置不定，而領字的位置則是一定的，或一字或二字，都是在句頭上，而且多以去聲字為之，如樂府指迷論詞曰：「腔子多有句上合用虛字，如嗟字、奈字、況字、更字、又字、料字、想字、正字、甚字，用之不妨，如一詞中兩三次用之，便不好，謂之空頭字。」沈氏所說，便是虛字，常讀詞的人，一定會覺得這些字眼，在詞中頗為突出，而此類虛字，又大部份是去聲字，必用在句首，故詞家多稱此類字為領字，蓋此類字，領一句，或領屬一串句子，所以叫作領字，它好似一條綵索，串結了一組句子，而又憑此一字，使其上下詞意相連絡，它的責任重大，老一輩的有句話：「之乎也者矣焉哉，八字用妥是秀才」，那麼在學詞時，如果能仔細注意這類句上的領字的地位與其性質，定能懂得長詞的承轉、舖敘，而能舒展自如。

領字情況甚多，或領一句，猶如句上虛字，如前所舉的「聊」、「便」、「漸」等例；領兩句以上的如：姜白石的揚州慢中「縱豆蔻詞工，青樓夢好，難賦深情」的「縱」字；眉嫵中「看垂楊連苑，杜若侵沙，愁損未歸眼」的看字；翠樓吟中「仗酒祓清愁，花銷英氣」的「仗」字，又如蘇東坡的行香子中「向望湖樓，孤山寺，湧金門」的「向」字；楊恢的八聲甘州中「正柳腴花瘦，綠雲冉冉，紅雪霏霏」的「正」字等，這類字擺在句首，下引一串，所以陸輔之的詞旨下卷收了三十三個字集虛（又有二字，三字的已缺），此類字正好像藥引子一般使用。

周濟介存齋論詞說：「領句單字，一調數用，宜令變化渾成勿相犯」雖然是虛字，也要避雷同，避意思重複。張玉田詞源下卷虛字曰：「詞與詩不同，詞之句語有二字、三字、四字，至六字、七八字者，若惟疊以實字，讀之且不通貫，況付之雪兒乎？合用虛字呼喚，單字如：正、但、況、任之類，兩字如莫是、還又、那堪之類，三字如：更能消、最無端、又卻是之類，此等虛字，卻要用之得其所，若使盡用虛字，句語又俗，必不質實，恐不無掩卷之誚！」張氏這段話，正說明了領字，虛字在詞中的功用。然而長詞是許多組句意組成，每組上多半有虛字作領，（當然也有不用領字的。）這種有虛字作領的句子，定要著意去做，又不可重複使用。而此種有領字的句子，如果是詞的首句，也有個特別名字，叫「空頭句」。沈雄的古今詞話自引柳塘詞話曰：「五字句起結，自有定法，如木蘭花首句；拆桐花爛漫；三奠子首句；悵韶華流轉；第一字必用虛字，一如襯字，謂之空頭句，不是一句五言詩可填也。」這些地方，如不留心，便會一句之中照字數填實，失了意趣，所以領字宜辨認！

3.襯字：在曲中有襯字，是大家之所公認的，但在詞中有襯字，一般說來，不僅大家不曾留意過，要說它有，恐怕也是若干詞家之所不肯同意的！向來守律家都認為詞的律度甚嚴，四聲陰陽都不敢越雷池，而於句字多寡，當然更是要恪守原格增減不得的！如今說它有「襯」字，它豈不也就像曲子那麼粗俗而無繩墨了嗎？實際上說穿了，真是至為淺顯的道理！曲因為用口語，所以有時為了語氣上的順溜，不得不用些虛字作襯，而在抄錄時用旁行小字以資識別，表示不在正格字數之內，所以守律的曲家，曲中襯字，多作旁行小字，一目了然，像太和正音譜便是如此（但大部份曲本，沒有這樣做，所以也增加了辨別正襯校律的困難）。然而詞又何嘗不是唐宋人變詩句為口語的唐宋曲子呢？就是上面所說虛字中，有若干便是宋人習用的語詞，理所當然，它是會和曲一樣的有「襯字」，早在沈義甫的樂府指迷論詞中便說過：「古曲譜多有異同，至一腔有兩三字多少者，或句法長短不等者，蓋被教師改換，亦有嘌唱家多添了字。吾輩只當以古雅為主，如有嘌唱之腔，不必作。」沈氏所說的古曲譜多有異同的原因當然很多，而襯字一項，也是使它們相異原因之，（那末由此可知詞譜，詞律中的若干又一體，實在與襯字的關係也很大，如果能辨出中正襯，則兩千多體的又一體必定會少去若干的。）同時沈氏也說明了襯字之由來，一如場上曲案頭曲一般，詞家作了一首「案頭」詞，側重在文藻修整，但旗亭嘌唱，重聲不重文，於是就把它「場上」化了，（加上使之順溜的襯字等）！但害在沈氏末了的「以古雅為主」，使得後輩詞家，都以為傳下來都是古雅不加襯的，所以他們不認為詞中有如此的「添足」之舉，於是按字實算。其實多半又落在「外行」了！萬紅友的詞律在唐多令下注曰：「縱芭蕉不雨也颼颼！誤刻多一字，詞統注縱字為襯字，襯之一說，不知從可而來？詞何得有襯乎」？江順詒詞學集成卷二，力辨其誤謬，而御製詞譜中說到襯字之處，卻是數見不尠的！王又華的古今詞論說：「吳夢窗唐多令第三句縱芭蕉不雨也颼颼，此句譜當七字，上三下四句法，則也字當為襯字，觀後燕辭歸客尚淹留；又劉過詞：二十年重過南樓，文天祥詞，葉聲寒飛過窗紗，可見詞統注縱字襯誤。」江順詒詞學集成曰：「宋詞有襯字，夢窗唐多令外，趙鼎滿江紅下闋云：欲待忘憂除是酒，奈酒行欲盡愁無極，奈字亦是襯字」注云：「宗小梧司馬云：紅友開闢榛蕪，示人矩矱，然不究五音，不諧宮調，徒辨韵字平仄之增減，毋乃捨本求末，自昧其途；邊竹潭葆樞鹺尹云：「詞有襯字之說最確，萬氏於另體多一二字者，注曰：誤多，游移其辭，具戒人不宜從，如知為襯字，則無是說矣」。可見前人也有對詞的襯字，是著意探求的！

前賢於詞中襯字的產生，亦有甚多說法，大要不出纏聲，散聲之說，散聲多在句尾，只能造成句末語助詞，而句中的纏聲，予以逐字加實，則會變成句之長短差別，或者這就是襯字之由來，如江順詒的詞學集成引方成培香研居詞麈說：「案繁聲，唐宋人謂之纏聲，太真傳；明皇吹玉笛遲其聲以媚之，即纏聲多也，今人譜工尺，多用贈板，音方旖旎悅耳，即淫哇之謂，古靡靡之音也。」此說不一定全對，部份卻是可信的！江氏又說：「貽案在音則為襯聲、纏聲，在樂則為散聲贈板，在詞曲則為加襯字為旁行增字，曲之增字寫於旁行，故易知，詞之增字則知之者鮮矣！前引夢窗唐多令以證之，凡詞之調，一體而二三至十餘者，皆增字之旁行並入正行，也故一調而同時之人共填，體各小異，實增字任人增減，無戾於音，何害於詞？流傳至今，迷如煙霧！」江氏這段話說得非常明白透徹，詞之有襯，真也鐵案如山的，只是蒙塵已久，音譜失傳，格律難明，既不能唱，徒為形式美文，所以襯字一項，便被忽略了！但是襯字有時也會和領字，虛字相含混的，如沈祥龍的論詞隨筆說：「詞中虛字，猶曲中有襯字，前呼後應，仰承俯注，全賴虛字靈活其詞，始妥溜而不板實，不特句首虛字宜講，句中虛字亦當留意，如白石詞云：庾郎先自吟愁賦，淒淒更聞私語。先自更聞，互相呼應，餘可類推！」這便是概念模糊的說法，虛字、領字都是在定格之內的字，襯字卻是定格之外所增加的，姜詞的例，是不能算作與襯字相等的定格外的「襯字」！沈雄的古今詞話曰：「調即有數名，詞則有定格，其字數多寡，句讀平仄韵腳叶否，較然少有參差，委之襯字，緣文義偶不聯綴，或不諧暢，始用一二字襯之。究其音節之虛實，尋其正文自在，如沈天羽所引南北劇中這字那字正字箇字卻字，不得認為別宮別調」。沈氏此說，就文義而言，正可補充前說「在音即纏聲，在詞即襯字」的聲音說，蓋襯字之增添，或因音樂纏聲，或因口語助詞而增加格外的助字，可在句頭、句中或句末，茲以前說唐多令為例！詞律卷九收陳允平何處是秋風五五七七六上下片相同的一首為正格，而謂吳夢窗何處合成愁的上片縱芭蕉不雨也颼颼，也字誤刻衍字，而詞譜卷十三收劉過蘆葉滿汀洲六十字、吳文英何處合成愁六十一字、周密絲雨織鶯梭六十二字三體，如果吳詞也字是襯字，而周詞上片的「燕風清，庭宇正清和」，下片的「扇鸞孤，塵暗合歡羅」兩句，應均為上三下四的七字句，則上片的「正」字，下片的「合」字，即是格外的襯字，如果我們懂得襯字的道理，則萬氏之謬可免，而詞譜的三體也可併為一體，免除又一體的累贅了！關於詞中襯字的分析，詞季刊創刊號頁一三一至頁一一四五詞通論字一文，縷析詳盡，文長八千餘字，不煩錄引！

以上提出詞中三種較為特殊的用字法，大致說來都是虛字特殊用法，在定格字數之內，在句首者叫領字，在句中者叫虛字，在定格之外的，無論在句首句中，皆叫襯字，然而曲有襯不過三之說，詞中大約均在一二字之間，當然也不會超過三個字的。而曲中襯字，多在頭板前後，詞大約也如此。其餘如何鍊字，如何要求字面清新生動，種種修辭，文法上的事，那是個人的鍛鍊與造詣了，當然我們亦可遵照張玉田詞源卷下字面條所說：「句法中有字面，蓋詞中一個生硬字用不得，須是深加鍛鍊，字字敲打得響，歌誦妥溜，方為本色語。如賀方回、吳夢窗皆善於鍊字面，多於溫庭筠、李長吉詩中來，字面亦詞中之起眼處，不可不留意也。」以及沈義甫的樂府指迷所說的：「要求字面，當看溫飛卿、李長吉、李商隱及唐人諸家詩句中字面好而不俗者，采而用之，即如花間集小詞，亦多好句。」去學習，去摩仿，進而去創造。總之，要「好而不俗」，要辨其在句中的地位而加以留心才是。

八、句度

一般說來，詩句有字數的限定，作詩要先練習造句；詞是像散文一樣的自由句法，長短不一但既然是自由的，長短不一的，還有什麼句度可言呢？雖然詞是長短不一的自由句，但要學像它的此長彼短，到是十分不自由了！這個意見，大家不會反對的，如果我們要填唐多令，必定會照著它的句數字數作五（韵），五（叶），七（叶），七（句）六（叶）。上下片相同的前後片各「五句四韵」的格式去填，但問題來了！除了一字句，兩字句沒有組合上的變化外，三字以上句子，都有不同組合的句逗，如果不注意，雖然字句數目對了，但句逗不一樣，便雖是而實非了！我們知道詞譜裏字句數相同的詞調甚多，然而由於句逗的差異，使它們有種種不同的面貌，這一點我們不能不留意。同時何處用韵，何處疊句，何處該對仗，何處作順句，拗句，都要仔細，現在讓我們就詞句的變化不同，分別說一說它的幾點特別處：

㈠**以字數分**：詞句因為自由，字數多寡不定，於是便有長短不同的句子出現，同字數的句子又有不同逗斷，這也是非常複雜應予留意的問題。詞句之分，大致有數說：沈雄的古今詞話曰：「自一字至四字為字，自五字至十五字為句，湊合不同，工力各別……至十六字則成小令矣！」沈氏並列舉了由五字至十五字句的例子若干條；其次是陳銳的詞比論字句第一，分為四至十字句，並各依其句逗、對偶、領字、領句，分別列舉若干例；第三是瞿安先生的詞學通論第五章作法中，分一至七字句；吳氏說：「積字成句，叶以平仄，此填詞者，盡人知之也。但句法之異，須在作者研討，一調有一定之平仄，而句法亦有成規，若亂次以濟，未有不舛謬者，今自一字至七字句止。」並分別釋說各句法之一般平仄句豆，為初學者所必讀的！三家著眼不一，沈氏太注意多字句，所以有十五字句，實際已經是兩句以上的組合了！但他的五字以下算字，這未免算得太寬，陳氏擇其中道，由四字至十字；吳先生定為七種，是便於初學，免一開端便被攪昏了！但我們仔細分析他們所舉的例子，短句自成一句，而長句則是由許多小句或詞組的組合，如果以文法的眼光來看，它們已是一個繁複的句組，而不是一個簡單的獨立的句子。但在文義上講，它們雖然是多句的組合，但卻是一個意念的周延，所以焦理堂雕菰樓詞話說：「詞不難於長調，難於長句，長須不可界斷」。瞿安先生的一字，兩字實不一定能達成句子的責任，三字以上，十字以下，大約在中國美文中是常用的句子（至於而今白話文，動輒三五十字才是一句，一行看到底，不見一個逗點，那又是另一回事了）。而沈氏的十字以上的句子，當然詞中也有，但畢竟是少數，我們知道，押韵的詩詞，韵密則情促，韵疏則情緩，如果十幾個字還不見諧應的韻腳，那豈不等於唸經了嗎？

㈡以句逗分：焦理堂雕菰樓詞話曰：「長笛賦：察度於句投，李善注：說文曰，逗止也，投與豆古字通，音豆。投句之所止也。郭璞方言注云：逗即今住字。皇甫湜答李生書：讀書未知句度，下視服鄭。句度即句投，度字本察度之義也，今人謂之句讀，或作句斷，萬樹詞律以句豆注之」。萬樹之嚴句讀，自是慧眼。沈雄的柳塘詞話說：「徐師曾魯菴著詞體明辨一書，悉從程明善嘯餘譜舛訛特甚，如南湖圖譜僅分黑白，魯菴明辨亦別平仄，但襯字未曾分析句法，未曾拈出小令之隔韻，換韻，中調之暗藏別韻，長調之有不用韻，亦未分明，較字數多寡，或以襯字為實字；分令慢短長，或以別名為一調，甚則上二字三字可以聯下句，下五字七字可以作對句；過變竟無聯絡，結束更無照應，成譜豈可如是！」鄒祗謨的遠志齋詞衷也說：「明辨一書（指徐師曾文體明辨）多遵嘯餘譜，舛錯更甚，或逸本名，或列數調，或分謁字，甚則以襯字為實字，則有增添字數之訛，以上二字可聯在下句，以下三字可截在上句，則文錯亂句讀之謁，成譜豈可如是，是不可不辨句也。」由此可知句豆之不可不辨。前面已提到吳瞿安氏起自一字為句，而沈氏祗於長到十五字為一句，由此我們可以知道詞句的長度，大約在這個限度之內，但每句句豆的變化是很多的，句豆不同，句子組合的形態不一，語氣也是不相同的。這在沈鄒諸家已經說得很清楚，所以我們於詞中句豆的組合也該要留心，大致說來，句子是詞組的組合，所以句子的詞組可以說是豆的形成原因之一，但詞中之嚴別句逗，最重要尚是在配音樂節拍的點板上，汪薇史師在南北小令譜的卷首識句法中說：「南北牌調，皆具一定句法，如七字句，或應作上三下四，或應作上四下三，各有規矩，本依板式而分明，然學士逞才，往往專騖詞章，不顧板式，遂致文義與句法相互齟齬。」汪師並表舉句法板式於後，大要一句之中，頭板（第一拍）必在主要字上，底板（樂句休止符）多在詞組之末，庶使不斷句意，如此句意當然也要注重板眼節奏，於是講求句逗，自是必然。但在歷來譜律書中，都未對句豆十分著意，實際上它們的關係也是很大的（在曲中的襯字，都是依據板式而定。）茲將字數不同之各種句豆，略舉數例於後，以資參酌：

1. **一字句**：瞿安先生詞學通作法曰：「此種甚少，惟十六字令首句有之，其他皆用作領字而實未斷句者。」例已見前節「領字」條，今不舉，茲列其所領句數例如下：

領一句的，如用「料」、「記」作領字：

料素娥猶帶離恨。（王沂孫　眉嫵）

記玉關踏雪事清遊。（張炎　八聲甘州）

領二句的，如用「念」、「更」作領字：

念橋邊紅藥，知為誰生？（姜夔　揚州慢）

更能消幾番風雨，忽忽春又去（辛棄疾　摸魚兒）

領三句的，如用「漸」、「奈」等領字：

漸霜風淒緊，關河冷落，殘照當樓。（柳永　八聲甘州）

奈愁極頻驚，夢輕難記，自憐幽獨。（周邦彥　大酺）

領四句的，如用「嘆」、「想」作領字：

嘆年光過盡，功名未立；書生老去，機會方來。（劉克莊　沁園春）

想重崖平沒，千峰盡出；山中路，無人到。（王沂孫　水龍吟）

同是我們要注意的，凡是上一下幾的句法，大部份上一字多為領字性質的，如：

一字領三字句：

漸西風緊。（柳永　塞孤）

一字領四字句：

登孤壘荒涼（。柳永　竹馬子）

一字領五字句：

是瘦損人天氣。（黃庭堅　留春令）

一字領七字句：

怕梨花落盡成秋色。（姜夔　淡黃柳）

一字領三字偶句：

對宿煙收，春禽靜。（周邦彥　大酺）

一字領四字偶句：

仗酒祓清愁、花消英氣。（姜夔　翠樓吟）

一字領五字偶句：

觀露溼縷金衣，葉映如簧語。（柳永　黃鶯兒）

一字領六字偶句：

歎事逐孤鴻盡去，心與浦塘共晚。（周邦彥　西平樂）

2.二字句：可以說是句子中最小的句子，當然談不不上逗，吳先生又說：「此種大概用於換頭首句，其聲平仄者最多，又或用於句中暗韻處。」

清致，悄無似。（王沂孫　無悶）

愁余，荒洲古漵。（張炎　渡江雲）

妝樓，曉澁翠罌油。（蔣捷　木蘭花慢）

3.三字句：大半作領頭句，又以對句為多，其句逗或為上一下二，或上二下一兩種。

甲：上一下二

比梅花，瘦幾分。（康與之　江城海花引）

倚蘭橈，垂玉佩。（韋莊　訴衷情）

驚塞雁，起城烏。（溫庭筠　更漏子）

乙：上二下一

風絮晚，醉魂迷。（吳文英　阮郎歸）

紅杏了，夭桃盡。（蘇軾　占春芳）

蓮葉雨，蕉花風。（晏幾道　喜遷鶯）

4.四字句：古文中較有力的句子，多為四字排句，而在慢詞中四字句亦最多見，具亦多偶句。其句法大約有上一下三，上三下一，二二折腰，及一二一等四種。

甲：上一下三

听人笑語。（李清照　永遇樂）

搵英雄淚。（辛棄疾　水龍吟）

你還知麼。（楊旡咎　玉抱肚）

乙：上三下一

紫芡波寒，青蕪煙淡。（陳允平　氐州第一）

紫鳳台高，紅鸞鏡裏。（馮艾子　雲仙引）

玉局祠前，銅壺閣畔。（京鏜　雨中花慢）

丙：上二下二折腰句此種句最多，且多自成對仗。

九階月淡，千山夜暖。（周密　月邊嬌）

玉宇瓊樓，乘鸞歸去。（蘇軾　念奴嬌）

鳴禽破夢，雲偏日蹙。（辛棄疾　東坡引）

丁：一二一句

解相思否。（周密　水龍吟）

漸西風緊。（柳永　塞孤）
對長亭晚。（柳永　雨霖鈴）

5.五字句：八種。

甲：上二下三
消魂當此際。（秦觀　滿庭芳）
尚被鶯聲惱。（張炎　霜葉飛）
人遠波空翠。（韓琦　點絳唇）

乙：上三下二
了不知南北。（秦觀　好事近）
簷牙枝最佳。（蔣捷　霜天曉角）
漫記得當年。（羅志仁　菩薩蠻慢）

丙：上一下四
歎年來蹤跡。（柳永　八聲甘州）
惟丹青相伴。（周邦彥　丁香結）
醉幾度春風。（吳激　春從天上來）

丁：上四下一

揚州何遜在。（黃子行　西湖月）
蟬翼衫兒薄。（無名氏　五彩結同心）
閬苑花前別。（晁補之　千秋歲）

戊：一二二

對好景良宵。（柳永　慢卷綢）
記羽扇綸巾。（吳文英　江南春慢）
放妖容秀色。（無名氏　一萼紅）

己：一三一

檥白蘋洲畔。（賀鑄　望湘人）
向碧玉枝上。（萬俟詠　尉遲杯）
恨斷腸聲在。（吳文英　新雁過妝樓）

庚：二一二

煙柳暗南浦。（辛棄疾　祝英台近）
津館貯輕寒。（譚明之　春聲碎）
楊柳墮新眉。（溫庭筠　玉蝴蝶）

辛：二二一

明月清風我。（蘇軾　點絳脣）
疏影寒枝裊。（朱雍　迷神引）
小雨菊花寒。（呂渭老　滿路花）

6.六字句：六種。

甲：上一下五
正江南搖落後。（范成大　三登樂）
觀露濕金縷衣。（柳永　黃鶯兒）
自攧英人去後。（無名氏　撥棹子）

乙：上二下四
人間秋月長圓。（晏殊　破陣子）
春淺千花似束。（文天祥　齊天樂）
波底夕陽紅濕。（趙德莊　西湖）

丙：三三折腰句
琴書中有真味。（蘇軾　哨遍）
東風外幾絲碧。（高觀國　霜天曉角）
無人會登臨意。（辛棄疾　水龍吟）

丁：二二二

春殘花落門掩。（吳文英　酷相思）

柳濃花淡鶯稀。（顧敻　臨江僊）

雲淡天高露冷。（柳永　採明珠）

戊：上四下二

誰掃花陰共酌。（王沂孫　淡黃柳）

三十六陂春色。（姜夔　惜紅衣）

杜宇一聲春曉。（蘇軾　西江月）

己：上五下一

苒苒雲龍香細。（高麗樂志　惜奴嬌）

賦得送春詩了。（史達祖　慶清朝）

莫上醉翁亭看。（劉過　六州歌頭）

7.七字句：

甲：上一下六

歡畫欄玉砌都換。（周邦彥　玲瓏四犯）

更野服黃冠瀟灑。（趙以夫　惜黃花慢）

動庾信清愁似織。（姜夔　霓裳中序第一）

乙：上二下五

應笑廣寒宮殿窄。（陳允平　秋霽）

更教花與月相隨。（晁補之　尉遲杯）

須知今歲今宵盡。（胡浩然　送我入門來）

丙：上三下四

怎知我倚闌干處。（柳永　八聲甘州）

惡滋味最是黃昏。（晏幾道　兩同心）

怕傷郎又還休道。（孫夫人　風中柳）

丁：上四下三

雲破月來花弄影。（張先　天仙子）

何處按歌聲輕輕。（韋莊　一絲風）

紅杏枝頭春意鬧。（宋子京　玉樓春）

8.八字句：六種。

甲：上一下七

听梧桐疏雨秋聲顫。（劉過　賀新郎）

乙：上二下六
驚問是楊花是蘆花。（韓駒　昭君怨）
丙：上三下五
東風外煙雨溼流光。（李肩吾　風流子）
丁：四四折腰
冷笑從前醉臥紅塵。（吳文英　尉遲杯）
戊：上五下三
海棠花謝也雨霏霏。（溫庭筠　遐方怨）
己：上六下二
彈出古今幽思誰省。（張先　剪牡丹）

9.九字句：八種。

甲：上一下八
正故國晚秋天氣初肅。（王安石　桂枝香）
乙：上二下七
回顧笑指芭蕉林裏住。（歐陽烱　南鄉子）
丙：上三下六

風乍起吹皺一池春水。（馮延巳　憶金門）
丁：上四下五
誤則今生情則何時了。（沈雄　蝶戀花）
戊：上五下四
只有淒涼月來照雅棲。（朱彝尊　瀟湘雨）
己：上六下三
恰似一江春水向東流。（李煜　虞美人）
康：上七下二
卷盡殘花風未定休恨。（辛棄疾　定風波）
辛：三三三
有誰知為蕭娘看一紙。（周邦彥　夜游宮）
10.十字句：六種。
甲：一三三三
喜冬宜雪秋宜月夏宜雲。（梁棠春　行香子）
乙：上三下七
弄夜色空餘滿地梨花雪。（周邦彥　浪淘沙慢）

丙：上四上六

去影來香碁局換酒杯涼。（孫武經　意難忘）

丁：五五折腰

杏花疎影裏吹笛到天明。（陳與義　臨江仙）

戊：上六下四

眉共春山爭秀可憐長皺。（周邦彥　一絡索）

己：上七下三

繁紅一夜驚風雨是空枝。（皇甫松　摘得新）

11. 十一字句：四種。

甲：上四下七

不應有恨何事常向別時圓。（蘇軾　水調歌頭）

乙：上五下六

睡起熨沉香玉腕不勝金斗。（秦觀　憶仙姿）

丙：上六下五

不知天上宮闕今夕是何年。（蘇軾　水調歌頭）

丁：上七下四

流水落花春去也天上人間。（李煜　浪淘沙）

以上乃就字數不同的句子，列舉它們不同的句豆組合，作個例子。（七字以上，實際已多是兩句以上的組合了）旨在說明句中有逗，句逗不同，則所表現之節拍亦不同，自然與樂節發生齟齬，這是歌詞作家所宜留意的。不過那些例句，並不代表詞律，詞本無律，守之即為律，不守即非詞，如是而已。

㈢以在詞中的組成及任務分：詞是一綜合藝術性文學，且曾蔚為大國，自然它也有它的各部門組織名稱。一般說來，在一詞之首曰起句，起句亦因有各種不同的組合方法而異名，古今詞話中便叫起首五字句以虛字作領者，叫空頭句。一段（或一片）末了的一句叫結句，各句單行叫散句，須叶韵者叫韵句，成雙偶處叫對句（或偶句），一串長句，以一短句起叫領句，兩句重複叫疊句，平仄特別拗句，在曲中音節流美的叫務頭，而詞中句意動人者叫警句。總而言之，就其一般而言，統叫作詞句。分開來，以作家術語言之，則是七寶樓台上的片片段段了。如今我們以拆古董的心情來看它，當然對於各部門的特性，也該要知道一些，下面我們再將上述幾種句中，較有持別的句法，簡述于下：

1.**疊句：**我們的語言中，常常有疊字的使用，而自有原始歌謠以來，重疊的句子，卻也是歌謠中常見的，如詩經，漢魏樂府中，疊句的例子甚多，朱自清在「中國歌謠」結構裏，分析重疊問題，例子甚多。詞家亦喜用疊句入詞。如章台柳的首二句，花非花的首二句；如李清照的行香子：前結：「縱浮槎來，浮槎去」，後結：「甚一霎兒晴，一霎兒雨，一霎兒風。」又如憶秦娥中的：「秦娥夢斷秦樓月，秦樓月」的聯珠式，及調笑令中的：「百葉桃花樹紅，紅樹，紅樹」。既頂真又重疊等等，足見詞中用重疊的活潑可愛，予人以鏗鏘爽朗的感覺。

2.散句與偶句：蔣兆蘭的詞說曰：「填詞之法，首在鍊意，命意既精，副以妙筆，自成佳構；次曰布局，虛實相生，順逆兼用，摶扼緊湊，或離或即，波瀾老成，前有引喤，後有妍唱，方為極布局之能事；次曰鍊句；四言偶句，必加錘鍊，勿落平庸，散句尤宜斟酌，警策處多由此出，試觀陸輔之詞旨所摘警句，皆散句也，偶句雖工，終是平板，散句之妙，直有不可思議者，此其所以尤宜注意也。次曰鍊字，字生而鍊之使熟，字熟而鍊之使雅，篇中無支離長語，第覺處處清新，情生文，文生情，斯詞之能事畢矣。」從蔣氏此語，可知詞中不成對偶的句子，即為「散句」，同時一般學舊詩詞的人，或是不知道詞中有對偶，或完全在偶句上下工夫，這都是不對的，實際上散句要做得好，更能收畫龍點睛之妙。所以一首好詞多得力在警語，而警語又多為散句，此為習詞者之所不可不知也。

其次再談到偶句，在周德清作詞十法第八對偶條下曰：「逢雙必對，自然之理，人皆知之」。汪薇史師曲學例釋曰：「就詞章言之，遇板行逢雙處，須以合璧對應之，板式三行相同，自成一組者，須以扇面對應之，板行逢雙位在曲首者，則須以平頭對應之，板式雙行，位在曲尾者，則須以救尾對應之」，曲中講對偶，是第一部曲律（作詞十法）即提出的，詞律卻未明白說出何處是散，何處該對，但詞曲一理，它又何嘗不要對句呢？而且在文章的壯麗富贍之處，多用偶句，即使以專門講求長短錯落的韓柳文中，亦有不少對句，更何況講求富麗的詞，怎能沒有對句呢？

對偶之說，起於有聲律論之後，六朝隋唐諸詩律家，論之最多，而近人羅根澤的文學批評史中蒐集與討論，甚為完備，這裏不必再費詞於「的名對」、「雙擬對」、「奇對」、「假對」了，在這裏祇想引用幾句話，來說明詞中須講對句，而且我們讀詞時，也可看到詞中有不少各式各樣的偶句，尤其是慢詞，鋪敘處幾乎都用偶句。沈義父樂府指迷曰：「遇兩句可作對，便須對，短句須剪截齊整，遇長句須放婉曲，不可生硬。」沈氏此說，旨在說明詞中如偶句須要對，若是為了文意順溜，也可通融不對，如詞譜卷二十四，列滿庭芳七體，起二句分別作：

南苑吹花，西樓題葉。（晏幾道）

風老鶯雛，雨肥梅子。（周邦彥）

一徑叉分，三亭鼎峙。（黃公度）

南月驚烏，西風破雁。（程垓）

斜點銀釭，高擎蓮炬。（趙長卿）

天上殷韓，解羈官府。（元好問）

風急霜濃，天低雲淡。（無名氏）

除元好問的一首外，其餘一例是作對句的，但不因為大家都對，而元作便錯了！此蓋對句亦有可通融處。不過該對就對，總是比較好些。

沈祥龍論詞隨筆曰：「詞中對句貴整鍊工巧，流動脫化而不類於詩賦，史梅溪之做冷欺花，將煙困柳，非賦句也；晏叔原之落花人獨立，微雨燕雙飛，晏元獻之無可奈何花落去，似曾相識燕歸來，非詩句也；然不工詩賦，亦不能為絕妙好詞。」沈氏之論，要詞中對句上不似賦，下不類詩，但又是從詩賦對式中來的！吳衡照的蓮子居詞話說：「詞有對句，四字者易，七字者難，要流轉圓愜。」又說：「四字者不可似賦，七字者不可似詩。」俞彥的爰園詞話曰：「詞中對句，須是難處，莫認為襯句，正唯五言對句，七言對句，使讀者不作對疑尤妙。」俞氏此言，則是更進一步的說明詞中對句要順溜自然，使人讀來不作呆板的對子看才好，否則便會因講求對句，而落入拼湊的末道了！

沈雄古今詞話曰：「對句易於言景，難於言情，且開放中則多迂濫，收整則結無意緒，對句要非死句也。」沈氏此說，到也道出詞中偶句作法之甘苦，描景宜於舖排，言情則難於捉對了！

3.領句與承句：前節曾提到詞中有領字，同時在詞中亦有領，句領句性質一如散句，但它的功用，則是放在一組同意句之前，作一總提，如晏幾道喜團圓：「別來只是：憑高淚眼，感夢離腸」。劉克莊沁園春：「歎年光過盡，功名未立，書生老矣，機會方來。」辛棄疾水龍吟：「待他年整頓：東山歌酒，平原草木，綠野風煙。」像前引「別來則是」，「歎年光過盡」，「待他年整頓」等句，應該注意安排，不要與後句斷了文意，才能負起領句的責任。還有與領句相類似在一組句意之後，作為結語的，卻未有定名，姑杜撰曰「承句」，如朱敦儒沁園春：「濠上觀魚，雲間呼鶴，此樂人間未易知。」王觀慶清朝：「晴則箇，陰則箇，餖飣得天氣，有許多般。汪元量洞仙歌：「漸橘樹方生，桑枝纔長，都付與沙門為主。」其中各段末句，功用在總結前語，詞中此類句子亦多，允宜留意。

4.拗句：作詩有拗句，盡人皆知，而詞中之有拗句，向為格律家之所恪遵，田同之的西圃詞說曰：「詞中有順句，復有拗句，人莫不疑拗而改順矣。殊不知今日之所疑拗句，乃當日所謂諧聲協律者也，今之所改順句，及當日所謂捩喉扭嗓者也，但觀清真一集，方氏和章，無一字相違者，如可改易，彼美成千里輩，豈不能製為婉順之腔，換一妥便之字乎？且詞謂之填，如坑穴在前，以物實之而恰滿，倘必易字則枘鑿矣，又安能強納之而使安哉？」在這裡之所以提出拗句者，就是因為詞句中之平仄，有可通融，有不可通融者，越是句中平仄拗口不順者，不要小慧自憙，而予改動，以求順口「美」聽！實際讀來不順口，正是唱來著腔處，遇到這種句子，不可不慎！郭麐的靈芬館詞話說：「詞有拗調，如壽樓春之類，有拗句，如沁園春之第三句，金縷曲之第四第七句，憶舊遊之末句，比比甚多，要須渾然脫口，若不可不用此平仄者，方為作手。若鍊句未能極工，無寧取成言之合者以副之，斯不覺其聱牙耳。」如果我們覺拗句不易作得自然，那便要記牢郭氏的這段補救的話了！以成語實之，當然會落陳腐俗套，故拗句雖多為散句，但其平仄卻要恪守，李漁窺詞管見云：「填詞之難，難於拗句，拗句之難，祗為一句之中，或仄多平少，平多仄少，或當平反仄，當仄反平，利於口者叛乎格，雖有警句，無所用之，此詞人之厄也」。因此有些詩詞家，特別重視拗句。

5. **參差句**：這也是杜撰的名詞。我們都知道，一個詞牌有定格，有定句，句有一定斷逗，一定字數，但同一牌調不同作者的詞，其相對地位的句子，字數可能一樣，但句逗卻有出入，這一點詞家也是不可不知的！王又華的古今詞論曰：「東坡大江東去詞，故壘西邊人道是三個周郎赤壁，論調則當于是字讀斷，論意則當于邊字讀斷；小喬初嫁了，雄姿英發，論調則了字當屬下句，論意則了字當屬上句；多情應笑我早生華髮亦然。又水龍吟：細看來，不是楊花，點點是離人淚，調則當是點字斷句，意則當是花字斷句，文自為文，歌自為歌，然歌不礙文，文不礙歌，是坡公雄才自放處，他家間一有之，亦詞家一法。」這種情況之產生，大約是牽就文意而移動譜調，所以梁啟勳曼殊室隨筆曰：「詞在同一調名作品，每一韻的字數有一定；因此而每一首的字數，當然也是一定，但是一韻當中分作幾句，每句的字數多少，是有彈性，可能伸縮的」。

如八聲甘州的第一韻：

塞雲飛萬里，一番秋一番攬離懷。（趙希邁）

把江山好處付公來，金陵帝王州。（辛棄疾）

這一韻是十三個字，作五八斷句也行，作八五斷句也行。

又水龍吟最後兩韻：

鴻漸重來，夜深華表，露零鶴怨。把閑愁換與樓前，晚色掉滄波遠。（吳文英）

攜手同歸處，玉奴喚綠窗春近。想驕驄又蹋西湖、二十四番花信。（吳文英）

簾幙間垂處，輕風送一番寒峭。正留君不住，瀟瀟更下黃昏後。（趙長卿）

這兩韵共總二十五個字，三首一樣，但斷句卻全然不一樣。

又如念奴嬌這個調，做的人最多。我們把李清照及蘇東坡各一首、並列比較，則由其韵逗，句法可以知其大要：

蕭條庭院，又斜風細雨，重門須閉。（李）

大江東去，浪淘盡，千古風流人物。（蘇）

寵柳嬌花寒食近，種種惱人天氣。（李）

故壘西邊，人道是三國周郎赤壁。（蘇）

險韵詩成，扶頭酒醒，別是閑滋味。（李）

亂石穿雲，驚濤拍岸，捲起千堆雪。（蘇）

征鴻過盡，萬千心事難寄。（李）

江山如畫，一時多少豪傑。（蘇）

樓上幾日春寒，簾垂四面，玉闌干慵倚。（李）

遙想公瑾當年，小喬初嫁了，雄姿英發。（蘇）

被冷香消新夢覺，不許愁人不起。（李）
羽扇綸巾談笑間，檣艣灰飛煙滅。（蘇）
清露晨流，新桐初引，多少遊春意。（李）
故國神遊，多情應笑我，早生華髮。（蘇）
日高煙斂，更看今日晴未。（李）
人生如夢，一樽還酹江月。（蘇）

像前舉水龍吟詠楊花等，諸如此類的句讀參差現象，大致如梁氏所說，在一韻之內，可以移動，而萬樹不知，多以此等一韻之中有句逗參差者，列為又一體，實際上詞家於一韻之內，句逗伸縮，可以通融，我們讀楊雨蒼的周詞訂律，就可發現陳允平，楊澤民，方千里三家的和清真詞，往往不盡相同，一韻之中句逗亦有參差，其間通融處，妙在心得聲律之奧，今日不懂宋詞的歌譜，當然不能自我作古，但這在歌樂的創作上，到也有啟示的作用。不可不備為一個參考。（所以格律之事，乃為下駟而設，天才即是格律的創造者，律何能一成不變呢？此話可為識者道。）但是也為如此，所以使得楊守齋的作詞五要中說：「第二要填詞按譜：自古作詞，能依句者已少，依譜用字者，百無一二」，楊氏的慨嘆，往壞處說，詞律早已不存，大家早就自我作古，隨意安排了！往好處說，能於有限中作無限變化，正是文藝的進步哩！何須拘拘於一成不變？

當然詞句種種，變化甚多，旨在說明其特異之點，至於一般性的字句分析，不遑細述，我們且引張玉田詞源卷下句法條的幾句話，作為此章的結語：「詞中句法，要平妥精粹，一曲之中，安能句句高妙？只要相搭襯副得去，於好發揮筆力處，極要用功，不可輕易放過，讀之使人擊節可也。」

九、章法

袁籜庵曰：「詞有三法：章法、句法、字法。」前此所言，可以說都是著眼在詞的枝枝節節、字法、句法上。對於詞的全貌—章法，卻未曾言及，詞以鍊章法為隱，鍊字句為秀，秀而不隱，猶百琲明珠，而無一線穿也。其實我們都知道「大匠能與人以規矩，不能與人以巧。」文學是性靈的產物，何能予以如許枷鎖？而且運用之妙，乃是存乎一心的事，所以在此綜述全面也不過是捃摭前賢成說，以充篇幅，聊備一格而已；而且有關作詞種種，前賢論說，俯拾皆是，不勝引錄，所以這裏也只好略作區分，擇要集錄較為顯著的幾點，若要深入研究，當然仍以展讀前賢專論為是。

(一)用事，寫景，抒情：

文學創作，不外敘情，繪景，或比或興，總不外身邊事物，胸中哀樂。人好模仿。又忌模仿，照格填詞，已墮模仿末道，如果詞中又是濫調陳腔，則文學靈性，幾於零矣！所以俞彥的爰園詞話曰：「遇事命意，意忌庸，忌陋，忌襲；立意命句，句忌腐，忌晦；意卓矣，而束之以音，屈意以就音，而意能自達者鮮矣！句奇矣，而攝之以調，屈句以就調，而句能自振者鮮矣，此詞之所以難也」。俞氏之論可謂道盡作詞甘苦，然雖苦但卻要清新，忌庸陋。大約初學者因為讀熟了幾首，記了幾句，都會在不經意中，掉在那些被欣賞的名句裏打滾，跳不出來；再不然就是落入老套，說春必是花，說秋不離月，總鑄造不出一個新境界來，俞氏之言，誠可為初學者的座右銘！

李笠翁的窺詞管見第八則曰：「詞之最忌者有道學氣，有書本氣，有禪和子氣，吾觀近日之詞，禪和子氣絕無，道學氣亦少，所不能盡除者，惟書本氣耳！每見有一首長調中，用古事以百紀，填古人姓名以十紀者。即中調小令，亦未嘗肯放過古事，饒過古人，豈算博士點鬼簿之二說，獨非古人古事乎？何記諸書最熟，而獨忘此二事，忽此二人也？若謂讀書人作詞，自然不離本色，然則唐宋明初諸才人，亦嘗無書不讀，而求其所讀之書于詞內，則又一字全無也。文貴高潔，詩尚清真，況於詞乎？作詞之料不過情景二字，非對眼前寫景，即拈心上說情，說得情出，寫得景明，即是好詞，情景都是現在事，舍現在不求，而求諸千里之外，百世之上，是舍易求難，路頭先左，安得復有好詞？」笠翁之說，有些地方固然是站在旗亭傳唱的樂工詞立場，反對酸溜溜的「雅詞」。然而掉書袋，堆典故，引術語以見博學，這是文人詞的一般通病！這也就是文學之所以盛，所以衰的關鍵所在，今日吾人大倡口語文學，詞本口語唱詞，是以耳代目的，當然應避忌晦澀，深奧，讓人可以一聽就懂，所以它應顧到「普遍」與「切合實際」，這是詞文學的基本任務，若是以「專家」自況，「為詞而詞，」或為「文學而文學」，鑽進自造的藩籬，不管其普遍性與通俗性，那便是末路了！

「情」乃詞之本色，而抒情之詞，又多藉景語，但一般人借景言情，往往迷於造景而忘卻融情入景，所以寫景則易流於呆板，鋪排；寫情則往往情為景掩，而不能使人讀之觸景生情，達到情景交融。賀裳的皺水軒詞筌曰：「寫景之工者，如尹鶚盡日醉尋春，歸來月滿身；李重光酒惡時花蘂嗅，李易安獨抱濃愁無好夢，夜闌猶剪燈花弄，劉潛夫貪與蕭郎眉語，不知舞錯伊州，皆入神句」。這些例子，正可說明詞人用清新繪景之筆，深刻地、明顯地托出其情，這便是作詞者所要鍛鍊的！所以賀氏又說：「凡寫迷離之況者，止須述景，如小窗斜日到芭蕉，半牀斜月疏鐘後。不言愁而愁自見，因思韓致光：空樓雁一聲，遠屏燈半滅，已足色悲涼，何必又贅：眉山正愁絕耶？覺首篇時復見殘燈和煙墜金穗。如此結句，更自含情無限。」在這些地方，正是須要詞人匠心獨運，所以前人常說：「曲尚爽朗，詞貴含蓄」，含蓄也者，意在言外，迷濛之境，遠較清晰逼真，耐人尋味。

沈祥龍論詞隨筆曰：「詞之妙在透過，在翻轉，在折進，自是春心撩亂，非關春夢無憑，透過也；若說愁隨春至，可憐冤煞東風，翻轉也；山映斜陽天接水，芳草無情，更在斜陽外，折進也。三者不外用意深而用筆曲」。筆曲也正是含蓄的說明，詞人們多半是追求含蓄美，要學會含蓄，便須知如何透過，翻轉，折進！這是詞家本色，要在上不類經、史之典雅，下不同於鄭，衞之淫俗。

(二)起結：

文章好做，但難於起頭結尾，有滿腹珠璣，一開頭左了道兒，則全篇毫無生色，所以劉彥和神思篇說：「方其搦翰，氣倍辭前，暨乎篇成，半折心始」！詞是經濟的文學，以少數字表無限意，那末一字一句，都是煞費周章的，尤其是開頭結尾，劉體仁的七頌堂詞繹說：「詞起結最難，而結尤難於起，蓋不欲轉入別調也。呼翠袖為君舞，倩盈盈翠袖，揾英雄淚，正是一法。然又須結得有不愁明月盡，自有夜珠來之妙，乃得。」劉氏所謂難，是指字句協譜應律的難，而實際上儘管胸中千情萬意，但臨到訴諸文字時，那便成了千頭萬緒，不知從何說起。所以大部份寫文章的人，都是難在開頭，而若干作文指導的論著也都說：「文無定法，千變萬化，隨人隨題而異，但大要不出最簡單的開門見山式，奇峰突起式……」所以沈義市樂府指迷說：「大抵起句便見所詠之意，不可泛入閑事，方入主意，詠物尤不可泛。」這便是開門見山的辦法，少費周折；同時詞的本色在一「情」字，而且是以景生情的多。所以沈雄的古今詞話說：「起句言情者少，敘事者更少。」朱晦庵注詩經三百篇，賦比興中，興體最多。詞人尚含蓄，當然不能劈頭就叫出歡樂哀怨，總是借景敘情，而且同詞不同於詩，又不能作成長篇史詩，當然開頭即敘事，也是鳧足難續的。

上面說開頭難，其實有人文思泉湧，下筆不能自休，所以要適可而止，立刻煞住，也不是件容易事！沈義甫樂府指迷說：「結句須要放開，含有餘不盡之意，以景結情最好，如清真之斷腸院落，一簾風絮，又：掩重關徧城鐘鼓之類是也。或以情結尾亦好，往往輕而露，如清真之：天便教人霎時厮見何妨。又云：夢魂凝想鴛侶之類，便無意思，亦是詞家病，卻不可學也。」結句要讓人回味無窮，才是上著，若是一語道盡，便覺淡然！而且通常詞有上下兩片，兩個結尾，兩個頭（起句與換頭），那真是難上加難了！江順詒的詞學集成引張砥中曰：「凡詞兩結最為緊要，前結如奔馬收韁，須勒得住，尚存後面地步，有住而不住之勢。後結如眾流歸海，其收得盡，迴環通首，源流有盡而不盡之意。詒案此論兩結句固佳，然詞尤貴句之縮得，縮字訣可以作詞，非僅結句為然。」結句要如奔馬收韁，要如眾川歸海，雖然抽象了些，但江氏的一個「縮」字，可為訣竅。元朝的喬吉也曾說過作樂府之法：曰「鳳頭、豬肚、豹尾」六字，瞿安先生曰：「大概起要美麗，中要浩蕩，終要響亮，尤貴在首尾貫串，意思清新，能若是，斯可以言樂府矣。」起要美麗，結要響亮，這也是個好比喻，現在讓我們擇錄劉體仁七頌堂詞繹一段話作結：「沈東江曰，填詞結句或以動蕩見奇，或以迷離稱勝，著一實語敗矣！康伯可：正是銷魂時候，也撩亂花飛。晏叔原紫騮認得舊遊踪，嘶過畫橋東畔路。少游：放花無語對斜暉，此恨誰知。深得此法！」我們可從上舉的結語例子中，去揣摩怎樣才是好的結語。

㈢換頭：

詞多為雙片，其下片起句，往往不同於前片，所以叫作「換頭」，由於大部份雙片詞都要換頭，司空見慣，所以也就不完全註明；北散曲小令多為單片，所以有雙片如詞之換頭者，大部都寫上「么篇換頭」，以示與單片不同。沈雄古今詞話曰：「法曲之起，多用絕句，或皆單調，教坊記所載是也。樂府所製，有用疊者，今按詞則云換頭，或云過變，猶夫曲調之為過宮也。宋人三換者，美成之西河、瑞龍吟，耆卿之十二時、戚氏，稼軒之六州歌頭、醜奴兒近，伯可之寶鼎現也，四換頭著，夢窗之鶯啼序也。」陸鎣問花樓詞話曰：「南唐人張泌江城子二首，其一碧闌干外小中庭，雨初晴，曉鶯聲，飛絮落花時節近清明，睡起捲簾無一事，勻面了，沒心情。又一首起句云：浣花溪上見卿卿，眼波明，結云：和笑道，莫多情。黃叔暘云：唐詞多無換頭，先廣文曰，黃氏誤矣，此詞自是兩首，兩情字，兩明字，不嫌重押，古詞人無重韻者」。換頭也簡稱為「過」，又叫「過片」，沈義甫樂府指迷曰：「過處多是自敘，若才高者，方能發起別意，然不可太野，走了原意。」詞源下卷製曲節曰：「最是過片不要斷了曲意，須要承上接下，如姜白石詞云：曲曲屏山，夜涼獨自甚情緒，於過片則云：西窗又吹暗雨，此則曲之意脈不斷矣。」起頭結尾固難，而雙片詞的換頭處，更是難事。周濟介存齋論詞雜著曰：「吞吐之妙，全在換頭煞尾，古人名換頭為過變，或藕斷絲連，或異軍突起，皆須令讀者耳目振動，方成佳製，換頭多偷聲，須和婉，和婉則句長節短，可容攢簇，煞尾多減字，須峭勁，峭勁則字過音留，可供搖曳。」沈祥龍的論詞隨筆說：「詞換頭處謂之過變，須辭意斷而仍續，合而仍分，前虛則後實，前實則後虛，過變乃虛實轉捩處。」可見換頭是詞中的要津，由此渡彼，不能掉以輕心。劉體仁的七頌堂詞繹也說：「古人多於過變處言情，然其意已全於上段，若另作頭緒，不成章矣。」這幾句話極為明顯，若是一首以景生情的詞，前結必在情語，則過以情承之，方能貫串，若是以為上下片各自獨立，從頭經營，則不成一調矣！所以沈雄的古今詞話說：「劉體仁曰：換頭處不欲全脫，不欲明粘，能如畫家開闔之法，一氣而成則神味自足，有意求之不得也，宋人多於過變處言情，然其氣已全於上段矣，另作頭緒便不成章。至如東坡賀新郎乳燕飛華屋：其換頭石榴半吐，皆詠石榴，卜算子缺月掛疎桐，其換頭縹緲孤鴻影，皆詠鴻又一變也。」王又華的古今詞論也引毛稚黃之說曰：「前半泛寫，後半專敘，蓋宋詞人多此法，如子瞻賀新郎，後段只說榴花，卜算子後段只說鴻雁，周清真寒食詞後段只說邂逅，乃更覺意長。」所以起結固是不易，而換頭處更要刻意經營，諸家所舉各詞其過變處均是匠心獨運，值得揣摩的！而近人夏承燾的作詞法中，對換頭承接，分析舉例，甚為詳明，有正格，有變格，變格之中，有下片另詠：如蘇軾賀新郎；上下片混同，如辛棄疾賀新郎，別十二弟；上結句起下片：如馮延巳長命女；下片申說上片：程垓宴清都；上下片並列：朱叔真生查子；上下片文意相反：呂本中採桑子；上問下答：劉敏中沁園春詠太初石。足可供參詳，文字太長，不便謄錄。

㈣其他：

詞中較為特殊之點，均為拈出，初習者可以之為敲門磚，但不敢自許為寶筏津渡也！除了前述種種格律外，尚有數點，亦可為初習者所借鑑：習文之事，固有賴於天才，但初入手亦必須模仿，分析前人之成作，甚或取材於前人名詩佳句，衍為新詞，這也是詞家一法，古今詞話引楊慎曰：「詞於文章為末藝，非自選詩樂府來，必不能入妙，東坡之照野瀰瀰，淺浪橫空，曖曖微霄，用陶潛山滌餘靄，宇曖微霄語也；易安之清露晨流，新桐初引，全用世說。若在稼軒，諸子百家，行間筆下。驅斥如意矣。如天氣殊未佳，汝定成行否，得且住為佳耳。此晉帖中無名氏語也，語本入妙，而稼軒引用之。」又鐵圍山叢詞話曰：「寒鴉飛數點，流水遶孤村，隋煬帝語也，少遊滿庭芳引用之：斜陽外，寒鴉數點，流水遶孤村。」潘子真云：「杜鵑啼處血成花，梅子黃時雨如霧，此寇萊公詩也，人但知梅子黃時雨為賀方回句。」又沈雄曰：「後村清平樂云：除是無身方了，有身定有閒愁，特用楞嚴因我有身，所以有患句也，疑是妙悟一流人語。稼軒踏莎行云：長沮桀溺耦而耕，某何為是棲棲者，龍洲西江月云：天時地利與人和，燕可伐與曰可，用經書語入詞，畢竟非第一義」。這種取前人詩文佳句入詞，於諸家詞集中，比比皆是，其中尤以辛稼軒為最，經史子集，任其驅使，不是才高學博，如何能夠？而詞中能把前人成句用得自然巧妙，亦何嘗不是一件樂事？詞源字面條說：「句法中有字面……如賀方回，吳夢窗善於鍊字面，多於溫庭筠，李長吉詩中來。」所以用前人佳句衍為新詞，自是作詞一法，沈雄古今詞話曰：「衍詞有三種，賀方回衍秋盡江南葉未彫，陳子高衍李夫人病已經秋，全用舊詩，而為添聲也。花非花張子野衍之為御街行，水鼓子范希文衍之為漁家傲，此以短句而衍為長言也。至溫飛卿詩云：合歡桃核真堪恨，裏許原來別有人，山谷衍為詞云：似合歡桃核真堪人恨，心兒裏有兩箇人人。古詩云夜闌如秉燭，相對如夢寐，叔原衍為詞云：今宵剩把銀釭照，猶恐相逢是夢中，以此見為詩之餘也。」楊升庵詞品亦曰：「杜詩關山同一點，點字絕妙，東坡亦極愛之，作洞仙歌云：一點明月窺人，用其語也，赤壁賦云：山高月小，用其意也。」而坡公的洞仙歌，冰肌玉骨一首，自敘乃衍蜀主孟昶句，是很有意思的一種習作模範，至如東坡哨遍，幾全用淵明歸去來辭。此種略改前賢成作以為新詞，在詞家則又叫作檃括體了！除了衍詞檃括之外，尚有集句，迴文……等，那些則又屬於茶餘飯後的文字遊戲！聊備一格以為談助可，然不可以為典範，在這裏只好存而不論。

十、結　語

方成培香研居詞麈說：「音自人心而生，律由古聖而作，人心千古不死，則律法終古不亡，古調雖有淪廢，固可尋繹而知也」我也許是抱著方氏的心情，不憚煩地抄錄了一大堆各家的有關作詞格律種種資料，真可說是鶉衣百結，一無可取，然而自有文學理論以來，文學便落在模仿與創新的兩個爭執的漩渦中；有主張文學應有格律，前引方氏之論；也有主張文學本無律，格律一成，則此文學生命即告終結，如張德瀛的詞徵便說：「宋元人製詞，無按譜選聲以為之者，王灼碧雞漫志，沈義父樂府指迷，張炎詞源，陸輔之詞旨，詣力所至，形諸齒頰，非有定式也，迄於明季始有嘯餘諸書，流風相扇，軌範或失，蓋詞譜行而詞學廢矣。」張氏之論，正也如同今日一般時代文藝作家的意見，究竟什麼樣的標準才能算是文學創作？什麼樣的東西，才能代表今日的文學？這尚是個未獲結論的癥結，當然這些也不是此文所能討論的！詞已失去了它的時代性，它不是今天的產物，我是以整理舊文學，抱著溫故可知新的心情來研究它，分析它的。在這裏，我既不提倡重視文學的格律，但也不反對文學之可有格律，正如一個極現代化的社會，它可以拋棄一切舊有，一切傳統，但它大概還不能拋棄「秩序」。漫無規範，總是不成的！文學作品是文學家心血的結晶，是需要匠心的獨運，不可能是夢囈式的幼稚與荒唐。最後我借唐鉞國故新探中的一段話，作為此文的結語：「在今日許多人正在『大聲疾呼』要解脫任何文學的桎梏—廢四聲、廢節奏、廢韻—的時代，而我偏把這些苛細的音韻關係，忍耐地討論，豈不是『無益費精神』麼？然而我以為新文學所要解脫的，並不是音韵，乃是死板之音韵格式。至於音韵的活潑方面，不特不應該廢掉，還要儘量採用，儘量把他們試驗，以使他們的文學上可能充分實現」。當我執筆在瑣瑣碎碎地敘那些枝枝節節時，在我心中便一直抱著像唐氏這樣的一個意念，論格律並不表示落伍與守舊，新文學不能沒有傳統文學的舊經驗以為滋養；反對格律化，也不是今天創造時代文學的唯一大道，拋棄了格律，也並不代表新文學的真正誕生。中華民國五十八年十月　於華岡